2º TEXTÍCULOS de Ary Toledo

Ary Toledo

2º TEXTÍCULOS de Ary Toledo

APRECIE SEM MODERAÇÃO!

novo século®

São Paulo 2016

PRODUÇÃO EDITORIAL
SSegovia Editorial

PREPARAÇÃO
Silvia Segóvia

DIAGRAMAÇÃO
Abreu's System

REVISÃO
Adriana Bernardino

ILUSTRAÇÃO DA CAPA
Carlinhos Müeller

COMPOSIÇÃO DA CAPA
Dimitry Uziel

Texto de acordo com as normas do Novo Acordo Ortográfico da Língua Portuguesa (1990), em vigor desde 1º de janeiro de 2009.

Dados Internacionais de Catalogação na Publicação (CIP)
Angélica Ilacqua CRB-8/7057

Toledo, Ary
2º Textículos de Ary Toledo: aprecie sem moderação! / Ary Toledo. – Barueri, SP: Novo Século Editora, 2016.

1. Humorismo brasileiro I. Título

16-0734 CDD-869.7

Índice para catálogo sistemático:
1. Humorismo brasileiro 869.7

NOVO SÉCULO EDITORA LTDA.
Alameda Araguaia, 2190 – Bloco A – 11º andar – Conjunto 1111
CEP 06455-000 – Alphaville Industrial, Barueri – SP – Brasil
Tel.: (11) 3699-7107 | Fax: (11) 3699-7323
www.novoseculo.com.br | atendimento@novoseculo.com.br

novo século®

AGRADECIMENTOS

Pela valiosa participação neste trabalho,
quero agradecer:

Aos canalhas
Aos políticos
Aos corruptos
Aos gays
Aos bichos
Às bichas
Às putas
À oposição
À situação
Aos padres
Às sogras
Aos genros

Especialmente a você, leitor, por ter comprado este livro; afinal de contas,
EU TENHO O GOVERNO PARA SUSTENTAR.

AVISO IMPORTANTE

Este é um livro de AUTOAJUDA.
Se você comprar vai me ajudar muito!!!

Você poderá encontrá-lo à venda nas
melhores livrarias do país...
E nas piores também!

RISO

Se não existisse o riso o mundo seria um imenso psiu!

O mundo sem o riso seria um planeta sem áudio.

Uma manifestação que provoca a súbita libertação de uma contida energia positiva.

O riso é uma atitude que faz você rir daquilo que o deixaria puto da vida se acontecesse com você.

É o açúcar da vida.
Mas é bom lembrar que existe muito adoçante no mercado!

SER OU NÃO SER!

Se eu não fosse humorista,
seria político.
O que dá no mesmo.
Já que trabalhar
não é comigo.

FUMO

Tudo que se relaciona com o fumo começa com a letra C: Cigarrilha, Cachimbo, Charuto, Cigarro, Cinzeiro, Câncer, Caixão, Crematório e Cemitério. Certo?

SER HUMANO

Acho que Deus poderia ter feito coisa melhor.

P.S.: *Perdão, Senhor, é apenas uma crítica construtiva.*

Chato não é ter chifre...
o chato é ter que sustentar a vaca.

NOMES

Ela teve vários namorados e sempre os chamava pela primeira sílaba do nome.
Vicente era **Vi... José** era **Jô... Ricardo** era **Ri... Roberto** era **Rô...**
Até que um dia, ela arranjou um namorado chamado **Custódio...**

Aquele taxista realmente adorava dirigir o seu táxi.
Seu nome? **Rolando Passos Dias Aguiar**.

Rosa: Nome de mulher que muitas vezes é seduzida por uma dúzia de xarás vermelhas.

Para a Maria estava difícil mesmo arrumar um namorado.
Também pudera, ela se chamava **Maria Castro Pinto**.

Meu amigo se chama **Pires de Oliveira**.
Eu o apelidei de "pratinho de azeitona".

SUPERMERCADO

É o lugar
que você entra
sabendo que vai levar
desaforo pra casa.

GINECOLOGISTA

Médico que exerce também a função de ourives.
Ou vai me dizer que buceta não é joia?

ENCONTRO

Um bom encontro termina sempre
com um bom jantar.
Um ótimo encontro termina sempre
com um bom café da manhã.

SONHO DE POBRE

Aquele pobre era mesmo azarado, sonhou que estava numa ilha com a Juliana Paes, a Claudia Raia, a Sabrina Sato, a Luana Piovani, a Camila Pitanga... E no sonho ele era a Angélica!

CERTEZA

Existem três certezas absolutas:
a morte, a vida e o especial
de fim de ano do Roberto Carlos.

VERSINHO

Se você ainda não sabe
aqui vai a explicação
o rico é que tem azia
pobre tem é queimação.

EPITÁFIO
DA PUTA
Finalmente os
meus joelhos
agora podem dizer:
"Enfim, juntos!"

MENU

E durante o voo,
quando a comissária ofereceu
o cardápio ao canibal,
ele disse:
"Obrigado, prefiro a
lista de passageiros".

CEGUEIRA

O amor é cego, e a justiça também.
Não confio em nenhum dos dois.

CINCO COISAS QUE EXISTEM, MAS QUE A GENTE NÃO VÊ:

1. Borracharia sem pôster de mulher pelada;
2. Jornal fácil de abrir;
3. Atriz jovem e feia na novela Malhação;
4. Padre virgem;
5. Piloto de avião inexperiente.

EDITOR

O cargo de editor de jornal
é tão importante que, no dia em
que o jornal não for pra rua,
quem vai é ele!

HORÁRIO POLÍTICO

É o único momento em que os ladrões
entram em cadeia

SOLIDÃO

É tão maravilhosa...
principalmente quando
podemos dizer isso
a alguém ao nosso lado

Chifre e fome só tem
quem não come.

LOIRANTA

Levou uma pedrada na testa e
olhou pra trás
pra ver quem tinha jogado.

POBREZA

O cara era tão pobre,
mas tão pobre, que colocou os inimigos
no testamento.

VERSINHO

Triste o destino da puta
levando pau dos dois lados
e ainda ter que viver
no meio dos dePUTAdos.

CONQUISTAS

Para conquistar uma mulher, o homem
deve saber beijá-la nos lugares certos:
Londres, Paris, Madri, Roma, Amsterdã...

DOR DE CABEÇA

Quando Adão perguntou a Deus:
"Senhor, o que é dor de cabeça"?
A resposta foi imediata:
"Me dê uma de suas costelas e eu te mostrarei".

JUSTIÇA

Que bom seria se no Brasil
o benefício da impunidade fosse pra todos.

AVISO

Pai Nosso que estais no céu... fique aí! Não venha aqui pra terra que o Senhor vai achar isso aqui uma merda.

Antigamente
a gente ia ao
supermercado e saía
com a sacola cheia de mercadoria...
hoje isso não é mais possível,
tá cheio de câmera filmando a gente.

PEIDO

A última tentativa de Deus pra ver se o cu falava.

DOCUMENTO

Quando for viajar, não se preocupe
com os documentos,
apenas use supositório de menta,
por que aí você será um homem DOCUMENTADO.

HUMOR NO BRASIL

Muitos stand-ups... poucos humoristas.

CASAMENTO:
COMEÇO, MEIO E FIM...

No começo... lábios com lábios,
No meio... barriga com barriga,
No fim... bunda com bunda

TURBULÊNCIA

A única coisa capaz de deixar sua cara parecida com a fotografia do passaporte.

LOIRANTA

E no dia do seu aniversário, disse a loiranta aos seus amigos:
"Depois que completei 30 anos, nunca mais falei minha idade, e olha que isso já faz 15 anos"!

SEGREDO

Aquilo que se conta a várias pessoas, mas a uma só de cada vez.

Quem tem boca vai a Roma.
Quem tem buceta dá volta ao mundo.

CARTA DE ALFORRIA

Antigo documento que libertava o homem da escravidão e que mais tarde mudou de nome, passando a se chamar: DIVÓRCIO!

VERSINHO

Quem nunca sonhou que estava
mijando e acordou mijado
então não sabe o que é ter
um sonho realizado.

PT

O PT colocou o Brasil no caminho Serto. **CERTO**?

RELACIONAMENTO

No namoro, ELE falava, ela escutava.
Na lua de mel, ELA falava, ele escutava.
Agora, eles falam, os VIZINHOS escutam.

IMITADOR

É como projetor de cinema, não cria nada,
só sabe mostrar o que os outros fazem.

VERSINHO PARA UM ARGENTINO

Ele fala castelhano
toma banho igual francês
se veste como italiano
e pensa que é inglês.

!!! ACREDITE !!!

Não comprei aquele lindo carro apenas por um detalhe: o banco. O banco não quis financiar o carro!

MIAMI

O único Estado brasileiro que deu certo.

RUGBY

Você sabia que o Rugby foi inventado pelos portugueses? Afinal, quem mais teria a ideia de inventar uma bola oval?

VERSINHO

O pão que o diabo amassou
é invenção de brasileiro
porque a mim nunca constou
que o diabo fosse padeiro.

MULHER

Fêmea da espécie humana que abusa do direito de ser portadora da melhor coisa do mundo... Buceta!

MARIDO

É como antibiótico, se não tá dando certo, troca ou associa a outro.

CONSELHO MATERNO

E quando a garota ouviu a sua mãe dizer:
"Vá à festa, filhinha, divirta-se, mas se comporte"!
Ela respondeu:
"Mamãe, uma coisa ou outra"!

TOURADA

O encontro da força com a estupidez.

VERSINHO

Sereia é uma coisa inútil
meu amigo podes crer
não é peixe pra fritar
nem mulher pra se comer.

Mulher gostosa é igual
a cancela de pedágio:
Chega perto o pau levanta.

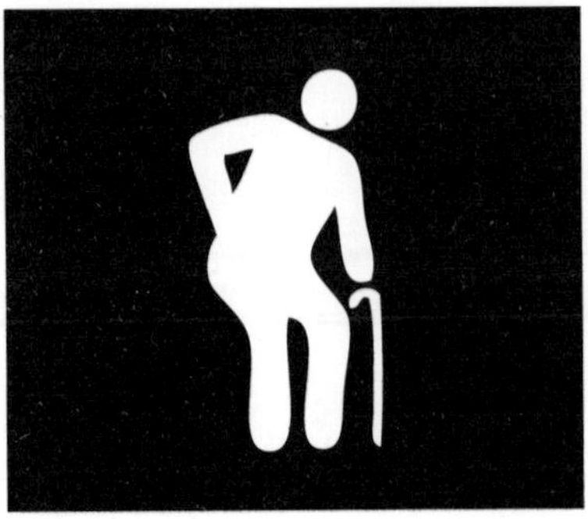

TERCEIRA IDADE

O chato de ficar velho é que você não pode usar camisinha...
O pau pensa que é touca e dorme.

LOIRANTAS

E na porta da boate as dezoito loiras esperavam chegar mais uma...
Motivo: só entrava acima de dezoito.

UNIÃO

Casamento de velho rico com moça pobre é sempre uma união baseada no ódio:
Ele odeia solidão,
ela odeia pobreza.

JESUS

Esse sim era um grande mágico,
conseguiu multiplicar o pão sem usar fermento.

DÓLAR

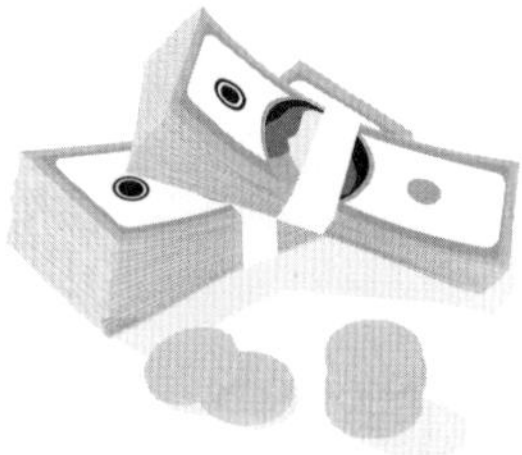

Cada vez mais caro...
É nessa hora que damos graças a Deus
por nosso dinheiro ser o Real.

MENDIGO

Aquele que acreditou que tinha amigos.

MALÍCIA

A mãe de Rosinha teve quatro filhas:
Chachata, Checheta, Chichita e Rosinha...
Seu malicioso!!!

LIBERDADE DE EXPRESSÃO

A liberdade de expressão
no Brasil é tão maravilhosa
que você pode até elogiar o governo
e ficar impune.

CORRUPÇÃO

Existem dois tipos de políticos:
O corrupto e o que
pensa que não é.

INTELIGÊNCIA

Não é certo que os casados são mais inteligentes que os solteiros... Os inteligentes não se casam!

VERSINHO

A punheta e o miojo
o homem sabe fazer
mas somente quando ele
não tem nada pra comer.

DIÁLOGOS

Nada mais interessante do que o diálogo de um casal de namorados quando está calado.

ANIMAIS

E quando o elefante perguntou ao camelo
por que ele tinha as bolas nas costas,
o camelo respondeu:
"Pela mesma razão que você
tem um pinto na testa".

DIÁLOGO CELESTIAL

E depois de um mês que chegou no céu a Hebe Camargo comentou com a Dercy Gonçalves: "Nossa, Dercy, como o Silvio Santos tá demorando"!

PERGUNTINHA

Qual a diferença entre o oftalmologista e o proctologista? Nenhuma... Os dois vivem examinando os nossos olhos.

Virgindade dá câncer.
Posto de vacinação aqui!

INTERESSE

A minha mulher casou comigo por amor, não por interesse. Tanto é verdade que, quando ela está na cama comigo, não demonstra o menor interesse.

MÉDICO

Aquele profissional que muda sua doença de lugar.

LOIRANTA

Quando perguntaram à loiranta qual a diferença entre o homem e o caminhão, ela respondeu: "Como vou saber? Nunca estive embaixo de um caminhão".

TIRIRICA

Um palhaço que mudou de circo.

VERSINHO

Tentei comer uma puta
infelizmente não deu
ela pediu cem paus
mas eu só tinha o meu.

LIMPADOR DE PARA-BRISA

Acessório do automóvel inventado pelos portugueses e que mais tarde os americanos aperfeiçoaram e colocaram do lado de fora.

PROFISSÃO

Cunhado.
Função: nenhuma.

TV

Certos programas de TV
são como vírus, estão no ar,
mas ninguém vê.

JUSTO E CERTO

Justo é o cu... mas não é o certo.
Certo é a xereca... mas não é justa.

EPITÁFIO DO AVIADOR
Agora não estou mais pousando. Estou repousando.

SEXO NO CASAMENTO

É que nem Coca-Cola
No começo normal.
Depois, light; e depois, zero.

ISCA

Atenção, pescadores,
a melhor isca pra pescar é OVO:
Você passa clara na linha e gema na vara.

VERSOGRAFIA

Aqui dentro dessa cova
a minha sogra aqui jaz
ela descansando aqui
em casa eu descanso em paz.

PLÁSTICA

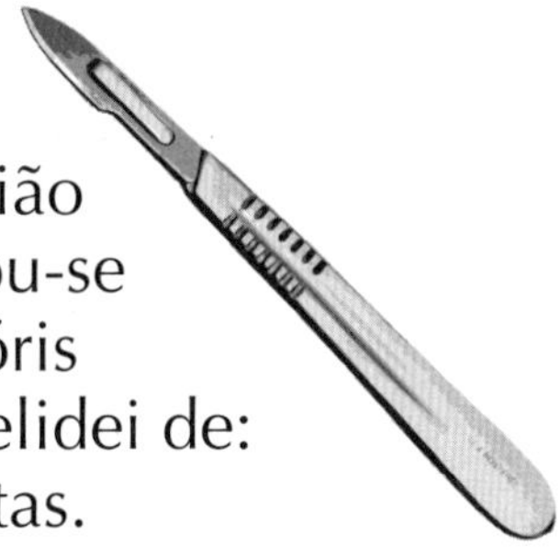

Meu amigo é cirurgião
plástico e especializou-se
em redução de clitóris
e grandes lábios. Eu o apelidei de:
o Pitangui das bucetas.

SALÁRIO

E dizia o patrão ao empregado:
"Antônio, eu compreendo que com este salário
não dá pra você se casar, mas um dia você vai me
agradecer por isso".

TIETÊ

A maior rede de esgoto aberto do mundo,
que corta de leste a oeste a cidade de São Paulo.

Saudade dos filhos...
principalmente
da cabeludinha do meio.

LIXO

Eu sempre jogo o lixo no incinerador,
mas não adianta, ele volta pela televisão.

VERSINHO

Você pensa que mulher é manga?
mulher não é manga não
a manga se descasca e chupa
a mulher não se descasca não.

POLÍTICA

E aí a garota dizia para a amiga: "Se você encontrar os meus pais, não diga que eu entrei para a política, eles ainda pensam que eu sou puta lá na Rua Augusta".

ADVERTÊNCIA

Vida sedentária, Cigarro, Obesidade.
O Cartão Amarelo do infarto.

EXAGERO

E no motel, quando ele viu o tamanho do clitóris dela, perguntou assustado:
"Peraí, aqui quem vai comer quem?"

DIA DO FICO

É a segunda-feira...
Dia que eu fico puta da vida!

ACIDENTE

Foi terrível aquele desastre na rodovia. Eram cabeças, braços e pernas rolando pela pista quando capotou aquele caminhão carregado de manequins.

AVISO ÀS NOIVAS

Antes de se casar, pensem nisso:
Por um pedaço de linguiça, vai ter que levar o porco inteiro.

NOVELA

A televisão fabrica grandes novelas para pequenos espectadores.

INCOERÊNCIA NIPÔNICA

O japonês não queria dar dinheiro
pra mulher comprar sutiã
porque ela não tinha seios.
E, no entanto, vivia comprando cueca.

PERGUNTINHA

Assalto a banco é retorno ou investimento?

LOIRANTA

Quando disseram à loiranta que Carlota Joaquina
era casada com D. João VI, ela lascou:
"Não sabia que ela tinha tantos maridos".

AVISO

O ministério da corrupção adverte:
Cuidado com a **honestidade**, ela pode causar dependência.

VERSINHO

Rico usando brinco é playboy
pobre usando brinco é viado
rico metendo é amor
pobre metendo é tarado.

COMADRE

Se fosse boa, no hospital
ninguém cagava e mijava nela.

Antigamente governar
era abrir estradas...
Hoje, governar é abrir pedágios.

ROBERTO CARLOS

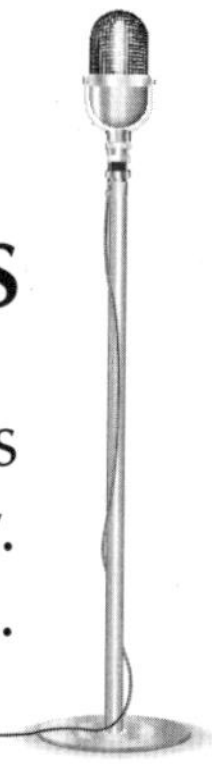

Estou esperando o Roberto Carlos
estrear o seu segundo show.
Porque o primeiro eu já assisti todos.

FELICIDADE

Estou casado há trinta anos
com 100% de felicidade.
95% pra ela e 5% pra mim.

PERGUNTINHA

Quando a bicha perguntou para a amiga se era verdade que buceta estava dando câncer,
a outra respondeu:
"Mentira, mentira...
mas espalha, espalha"!

DUREZA

Estava com o braço duro.
Motivo: tomou Viagra do Paraguai.

VERSINHO

Velho que casa
com moça nova
procura chifre
ou procura cova.

CORRUPÇÃO

Se todos os corruptos deste país fossem efetivamente pra cadeia, com certeza o trânsito ia melhorar muito.

AMIGO VELHO

Meu amigo envelheceu tanto que está parecendo apartamento novo: Bem acabadinho.

FEIURA

Aquela mulher era tão feia que, quando ela entrou para a sociedade protetora dos animais, ninguém ficou sabendo se era como protetora ou protegida.

HABEAS CORPUS

O maior perdão já criado pelo homem.

MÃE E ESPOSA

Mãe é a que diz pra gente:
"Aonde você vai?"
A esposa é a que diz:
"Onde você estava?"

LOIRANTA

Quando o namorado, na hora da transa, perguntou à loiranta se ela estava gozando, ela respondeu: "Não... estou levando a sério".

PETROLÃO

É como dizia aquele
ex-diretor da Petrobrás:
"Eu vou ser honesto com você,
este suborno está
muito pouco".

OSTRA

Só quem nunca fez sexo oral
em uma mulher tem nojo de comer ostra.

VERSINHO

A comida mais gostosa
quando você tá com fome
sem dúvida alguma é
aquela que você come.

ASPAS

O salvo-conduto da palavra.

DECEPÇÃO

Ontem, quando fui trepar, meu pau ficou *al dente*. Isto é: nem muito mole nem muito duro.

CASAMENTO

É feito de beleza e paciência.
Deu certo, **beleza!**
Não deu, **paciência!**

LEVANTAR

E aí, às 4h da manhã, o velhinho foi ao banheiro e, depois de mijar, disse ao pau:
"Tá vendo? Quando você precisa eu levanto".

VIOLINO:
isso é que é gemer levando vara.

SÉRIAS

As pessoas sérias são aquelas que não riem
porque não entenderam a piada.
Você, leitor, está me entendendo?

DINHEIRO

O Brasil, quando precisa de dinheiro, vai ao fundo.
Como o Titanic.

DECEPÇÃO

As duas maiores decepções do homem:
A primeira é quando ele
não consegue dar a segunda.
E a segunda é quando ele
não consegue dar a primeira.

VERSINHO

Bom dia por educação
é um falso bom dia dado
o verdadeiro bom dia
é o bom dia desejado

GINECOLOGISTA

É que nem entregador de pizza, também sente o cheirinho, mas não pode comer.

NÃO CONFUNDIR

Centavos novos,
com sentar nos ovos.

CONDUÇÃO

E quando alguém viu o japonês carregando a mulher no ombro, descobriu logo o nome do casal:
Ela: Takarraxa Nanuka.
Ele: Takanuka Narraxa.

AJUDA

"Hei! Você que está lendo este livro, por favor, me ajude. Estou preso acusado de ser a pessoa mais feia do mundo. Você poderia dar um pulinho até aqui pra eles te verem e me soltarem?".

NÃO CONFUNDIR

Faculdade de Botucatu
com dificuldade de botar no cu.

PERGUNTINHA

Quando um político é assaltado, é roubo ou reembolso?

VERSINHO

Tocar punheta de fato
o homem acha legal
mas também é muito chato
gozar segurando o pau.

CALÇA

Calça sem bolso é que nem mulher sem seios, a gente não tem onde botar a mão.

CLIENTE PARA O ADVOGADO:

"Doutor, por 200 Reais
posso lhe fazer duas perguntas?"
"Sim, pode fazer a segunda".

LOIRANTA

Coitada da loiranta, levou um tiro na cabeça
e demorou três dias pra morrer
porque a bala não achava o cérebro.

MULHER

Pra mim tem que ser igual à carne de terceira: durinha, durinha!

Responda depressa:
Você é casado ou é feliz?

Carta de uma mãe portuguesa a seu filho

Querido filho,

Te escrevo estas linhas para que saibas que estou viva. Te escrevo devagar porque sei que tu não consegues ler rápido.

Bom, não vais reconhecer a casa quando vires, porque a gente mudou.

Finalmente enterramos seu avô. Encontramos o cadáver, com esse negócio da mudança; estava no armário desde aquele dia em que ganhou da gente brincando de esconde-esconde.

Hoje tua irmã Julia teve nenê, mas como ainda não sei se é menino ou menina, não posso dizer se você é tio ou tia.

Quem ficou totalmente cega de um olho foi tua irmã Verônica, aquela que tinha o costume de ficar olhando nos buracos das fechaduras.

Também estou preocupada com o cachorro Bob, que insiste em perseguir os carros parados e está ficando cada vez mais com o focinho achatado.

Ah, estava esquecendo, quem tem perguntado por ti é teu tio Maneco, lembra aquele que trabalhava no circo, que era chamado de destemido porque colocava o braço na boca do leão? Ele está muito contente porque hoje foi experimentar o braço mecânico e lhe ficou muito bem.

Ontem teu irmão José fechou o carro com a trava e deixou as chaves dentro. Teve que ir lá em casa para pegar a chave duplicata e tirar todos nós de dentro do carro.

Finalmente tua tia Jacinta está contente, já não sente mais pontadas no olho quando toma café. Aconselharam-na a tirar a colherinha da xícara.

Esta carta te mando através do Manolo, que vai amanhã para aí. A propósito, será que pode pegá-lo no aeroporto.

Bem, meu filho, não escrevo o endereço porque não sei. É que a última família portuguesa que vivia aqui nesta casa levou o número da casa e a placa da rua para não ter que mudar de endereço.

Se encontrares a Dona Maria, dá um alô da minha parte. Caso não encontrares, não precisa dizer nada.

Tua mãe que te ama: EU.

Obs.: Ia te mandar cem escudos, mas já fechei o envelope.

UROLOGISTA

Este, sim, é um profissional do caralho!

VERSINHO

Pobre se alimenta mal
e isso ninguém desmente
pobre quando come frango
um dos dois está doente.

SALÁRIO MÍNIMO

Quer saber o que é o salário mínimo no Brasil? Feche bem a mão direita, estique bem o indicador, estique bem o polegar, encoste a ponta de um dedo no outro, agora solte os outros dedos... É isso aí!!!

EPITÁFIO DO PARAQUEDISTA
Eu sabia que um dia aquela porra de paraquedas não ia abrir.

PECUARISTA

As três melhores coisas para o pecuarista:
Boi na invernada
Cerveja gelada
Mulher pelada

E as três piores:
Boi doente
Cerveja quente
Mulher da gente

CONVERSÍVEL

Quem tem um conversível,
torna as coisas conversáveis.

VELHICE

A última instância da vida.

PEDIDO

Quando o rapaz pediu ao açougueiro a mão de sua filha, o pai perguntou: "Com osso ou sem osso"?

VERSINHO

Morena linda morena
tire a roupa da janela
que eu vendo a roupa da dona
me lembra a dona sem ela.

ADOLESCENTE

Este, sim, não abre mão da punheta.

Mulher de amigo meu é
que nem travesseiro.
Só boto a cabeça.

BEBÊ

Quando novinho, a mãe diz:
"Ai, que fofura,
dá vontade de comer"!
Depois, quando cresce
e fica malcriado:
"Por que eu não comi"?

SOU DEUS

Eu acho que sou Deus.
Toda a vez que a Marly ia
se deitar comigo, ela dizia:
"Com Deus eu me deito,
com Deus eu me levanto"!

SUICÍDIO DE BAIANO

Ele amarra a ponta de uma corda no pescoço,
a outra numa plantinha
e fica regando até ela crescer.

MAIS CINCO COISAS QUE EXISTEM, MAS QUE A GENTE NÃO VÊ:

1. Carro de mulher sem nenhum amassado;
2. Genro chorando em velório de sogra;
3. Roberto Carlos de bermuda;
4. Puta fazendo fiado;
5. Ronaldinho Gaúcho de boca fechada.

MAGREZA

Tenho uma amiga anoréxica.
Gente finíssima!

SOGRA

No dia em que a sogra morreu,
o genro escreveu no túmulo:
"São Pedro, espero que o senhor a receba
com a mesma alegria
com que estou lhe mandando".

PREGUIÇA

A preguiça não pode ser um pecado grave. Afinal, é ela que me impede de cometer os outros seis pecados capitais.

HUMORISTAS

Quando me perguntaram: "Quais são os três maiores humoristas do Brasil"?
Eu respondi: "Os outros dois eu não conheço".

HOSPITAL

O lugar onde você dorme e acorda... dorme e acorda... dorme e acorda, até o dia em que você dorme!

CONEXÃO

O ser humano passa 1/3 da vida dormindo
e 2/3 on-line.

FUNÇÕES DA MINHA IMPRESSORA:

1. Me fazer passar raiva;
2. Imprimir (de vez em quando).

VERSINHO

A você que é sedentário
um conselho vou lhe dar
não brinque com a saúde
ela não sabe brincar.

PREOCUPAÇÃO

No dia em que assumiu o seu primeiro mandato, seus colegas deputados ficaram muito preocupados com a cara de honesto que ele tinha.

TECNOLOGIA

Software é a parte que você xinga.
Hardware é a parte que você chuta.

OBESIDADE

Só quem é gordo sabe a aventura que uma cadeira de plástico pode proporcionar.

Virgindade é igual a picolé.
Acaba sempre no pau.

PREGUIÇA

Hoje estou com mais preguiça do que o cara que desenhou a bandeira do Japão.

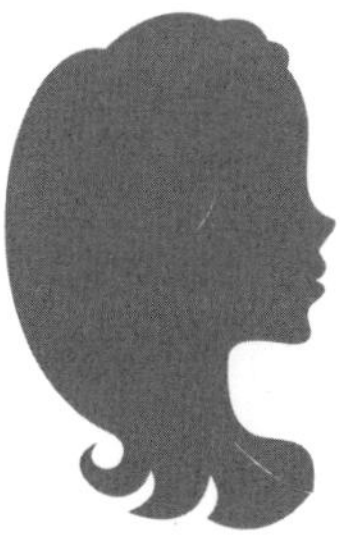

GÊMEOS

Queria ter filhos gêmeos
para chamar um
de **Control-C**
e o outro de **Control-V**.

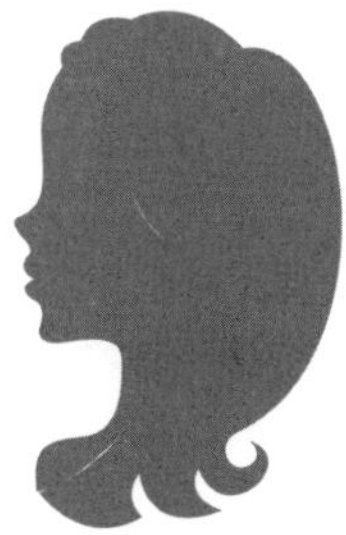

VERSINHO

Aqui descansa um bastardo
nesse buraco frio
filho de muitos pais
e da puta que o pariu

ENGANO

Em vez de tomar remédio para diarreia, tomou um tranquilizante. Resultado: Tá todo cagado. Mas tranquilo, tranquilo!

EVITE DROGAS

Não ouça funk, anule o seu voto e domingo não ligue a televisão.

VIÚVA

A única mulher que sabe onde o marido está!

FM

As FMs dos Estados Unidos
são iguais as dos brasileiros...
Só tocam músicas americanas.

VAGINA

É como dizia a bicha:
"Vagina, só conheci a da mamãe.
Mas passei tão rápido e de olhos fechados
que nem sei como é".

% **ETC....** %

Os juros da palavra.

BARATO CORTADO

E na rua, quando a garota estava trepando,
viu alguém se aproximando e disse ao namorado:
"Olha o guarda, guarda"!

VERSINHO

Minha sogra foi pro céu
mas lá ela não chegou
é que durante a viagem
a sua vassoura quebrou

LOIRANTA

Quando o ladrão entrou na livraria
e disse à balconista loira:
"O dinheiro ou a vida".
Ela perguntou:
"Mas de que autor"?

FOI CASADA DEZ VEZES E CONTINUOU VIRGEM. EXPLICAÇÃO:

O **primeiro** era médico (só examinava);
O **segundo**, massagista (só esfregava);
O **terceiro**, perfumista (só cheirava);
O **quarto**, poliglota (só gostava de língua);
O **quinto**, gerente de banco (só gostava de fundos);
O **sexto**, juiz do interior (não tinha vara);
O **sétimo** era do PT (quando estava por cima, não fazia nada);
O **oitavo** era caçador (só gostava de viado);
O **nono**, coveiro aposentado (não enterrava mais);
O **décimo**, milionário (não ficava duro nunca).

!!! ACREDITE !!!

A bicha fez mal pra moça...
Fugiu com o namorado dela.

É fazendo merda
que você aduba a vida.

INVENÇÃO

A boa foi a do português, que inventou um comprimido para matar a sede, mas tinha que tomar com três copos d'água.

VERSINHO

Amigo preste atenção
que isso ninguém desmente
entre a cerveja e um volante
há lugar para um acidente.

UROLOGISTA

Especialidade mais completa da medicina. Examina o paciente de cabo a rabo.

TESÃO

Tem mulher que na hora do sexo se transforma em margarina, suicida, homicida, sorvete, religiosa e Rubinho Barrichello:

MARGARINA
Ai, que delícia... Ai, que delícia!

SUICIDA
Ai, eu vou morrer... Eu sei que vou morrer!

HOMICIDA
Se parar, eu mato... Eu mato!

SORVETE
Ai, Kibon, Kibon...!

RELIGIOSA
Ai, meu Deus... Ai, minha Nossa Senhora!

RUBINHO BARRICHELLO
Não para, não para, não para...!

DOENÇA

O banquete do micróbio.

AVISO AOS TWITTEIROS

Querem conseguir milhares de seguidores em poucos segundos? Jogue uma pedra em uma caixa de abelhas.

PERGUNTINHA

Se você acredita
em reencarnação, responda:
Existe vida depois do casamento?

MARTE

Aí um marciano falou para o outro:
"Será que no planeta Terra existe gente bonita como nós? Com um olho só, cinco pernas, três braços, oito narizes, cinco bocas, três cus etc".

OFTALMOLOGISTA

Um profissional que você tem que abrir o olho com ele!

VERSINHO

Atenção senhores pais
filho que é muito mimado
com certeza ele tem tudo
tudo pra ser viado.

REPRESENTAR

*O ator que representa quando representa,
não representa!*

ARTISTA SEM TALENTO

É igual a alpinista, pode chegar no cume, mas não consegue permanecer muito tempo lá.

BICHA

Apelido: farofa.
Todo mundo passa a linguiça.

Respeito as velhas como as novas.

LULA

Mais uma vítima do ensino brasileiro.

VERSINHO

Melhor amigo do homem
é o cachorro quente
pois sabemos que é ele
que mata a fome da gente.

HOMEM E SOCIEDADE

O homem não é produto do meio.
O meio é que é produto do homem.

TRABALHO

Não é o trabalho que dignifica o homem.
É o homem quem dignifica o trabalho.

LUCIDEZ

Quando me perguntam como faço para ficar lúcido aos 78 anos, eu respondo: "Fazendo dívidas... Nada me deixa mais lúcido".

Autógrafo

O encontro da vaidade com a humildade.

CASAMENTO

Velho casado com moça nova
me faz lembrar
orelha de vaca:
Está mais perto do chifre
do que da buceta.

FLAGRANTE

E quando o pastor pegou sua mulher na cama
com o amante, foi logo dizendo:
"Irmão, larga esse corpo que não te pertence".

TRABALHO

Se fosse bom não precisava férias.

CACHORRO ASSASSINO

Acredite: o pinscher matou
o pit bull... engasgado!

BÊBADO

E quando os dois irmãos disseram ao bêbado que eram gêmeos, ele perguntou: "Os quatro"?

BIBLIOTECA

Lugar onde se encontram vários títulos e poucos livros.

EPITÁFIO DO AÇOUGUEIRO
A carne acabou, agora só tem osso.

PIOR INQUILINO

É o espermatozoide.
Mora com milhões de irmãos
na casa do **cacete**.
O apartamento é um **ovo**.
O prédio é um **saco**.
Os vizinhos da frente, uns **pentelhos**.
Os de trás, só fazem **merda**.
E o proprietário, quando fica duro,
bota todo mundo pra fora.

NÃO CONFUNDIR

Caixinha de baralho
com baixinho do caralho.

DOENÇA

Doença de rico é emocional.
Doença de pobre, terminal.

VERSINHO

Analisando o Brasil
De Gaulle não fez mistério
"O Brasil é um país
para não ser levado a sério".

SOLIDÃO

Pior que a solidão é a ausência dela.

A sua buzina não vai transformar
o meu caminhão num helicóptero.

DIVÓRCIO

Um prêmio a quem tentou provar que o relacionamento humano seria possível.

DIFERENÇA ENTRE A PIZZA E A PUTA

A pizza só dá pra oito.

AMIGO

Aquele que nos diz na frente
o que não nos diria
pelas costas.

RECESSÃO

Se a situação tá preta... imagine de que cor deve estar a oposição!

LÓGICA

Pegou a mulher em flagrante e só matou a mulher.
Era melhor matar uma mulher para sempre
do que um homem diferente toda noite.

FILHOS

Os filhos não atendem os pais.
Até para nascer, são eles que decidem.

DIARREIA

Tem gente que sofre
de diarreia mental.
Se tomar purgante,
perde a memória.

ANALFABETO

O pior analfabeto é aquele
que aprendeu a ler e não lê.

VENCEDOR

É muito egoísta.
Sempre quer passar os
outros pra trás.

POLÍTICO CORRUPTO

Entra de mansinho e sai de mansão.

VERSINHO

Oferecer uma piada
para um grande humorista
é oferecer buceta
para ginecologista

VALOR

Na vida só vale o que não vale.
O que tem preço não tem valor.

LOIRANTA

E quando a loiranta disse à amiga:
"Eu andei pensando".
A amiga alertou:
"Calma... uma coisa ou outra"!

POLÍTICO

Acredito nos políticos
tanto quanto acredito
no orgasmo das putas.

TESTEMUNHA DE ADULTÉRIO

Não existe. Se existisse,
não seria adultério, seria bacanal.

Se inflação fosse infração
estaria todo mundo preso.

TRÊS TIPOS DE MULHER:

A puta
A filha da puta
E a chata

A puta: dá pra todo mundo
A filha da puta: dá pra todo mundo,
mas não quer dar pra você.
A chata: só quer dar pra você

VELHO

Um homem com vinte anos a mais do que eu.

PESSIMISTA

Sujeito que está sempre por dentro dos planos do governo.

MENOR GALINHEIRO DO MUNDO
Camisinha, só cabe um pinto.

MENOR LAGOA DO MUNDO
Calcinha, só cabe uma perereca.

% JUROS %
O perfume do capital.

VIVER E MORRER

Prefiro mil vezes morrer com cinquenta anos
e viver cem do que viver cem e morrer com cinquenta.

ÚTERO

A sala de espera da vida.

REGIME

O melhor é aquele que você só come carne branca.
Alemã, sueca, dinamarquesa etc., etc., etc..

FIDELIDADE

Só um homem nesse mundo foi fiel
a sua companheira a vida toda: ADÃO!

VERSINHO

Um país que hoje tem
quase trinta ministérios
com certeza ele não pode
figurar entre os mais sérios

...

DIÁLOGO FODIDO

É um casal calado dentro do carro.

INCOERÊNCIA

Não come língua
porque sai da boca
do animal.
No entanto, adora comer ovos.

Mulher feia vale por duas porque
o marido sempre tem outra.

LEIS

As leis no Brasil são tão esculhambadas
que até os presos órfãos,
no mês de agosto, vão visitar os pais.

AUTOMÓVEL

E como dizia a mulher para a amiga:
"O que me irrita é quando eu encosto meu carro na garagem e sinto aquele cheiro de lata amassando".

INFLAÇÃO

Por incrível que pareça, essa semana
a única coisa que não aumentou foi o fermento.

CIGARRO

Um cilindro branco cheio de ervas, com uma brasa numa ponta e um câncer na outra.

SUCESSO

Fausto, para conseguir sucesso,
deu a alma ao diabo.
Já no Brasil, as garotas dão a alma,
a bunda etc.

VOTO

Há mais de 2 mil anos
ficou provado que as pessoas
não sabem votar.
Em vez de eleger Jesus,
elegeram Barrabás.

PERDOAR

Convite para recomeçar.

LIMPEZA

Cidade limpa não é a que se varre mais.
Mas a que se suja menos.

TELEVISÃO

A TV é o fogão,
o artista é a lenha.
As cinzas, jogam-se fora.

ROMANCE PERFEITO

"Quer casar comigo"?
"Não"!
E viveram felizes para sempre.

DUPLA

Em Goiás, quem canta sozinho tem dupla personalidade.

VERSINHO

A mulher como a galinha
é um bicho interesseiro
a galinha pelo milho
a mulher pelo dinheiro.

POLÍTICOS

Alguns não são capazes de nada.
Outros são capazes de tudo.

INCOERÊNCIA FEMININA

Se os homens são todos iguais, então por que elas demoram tanto para escolher?

CRIAÇÃO

Deus só criou o mundo em seis dias porque nem ele queria aguentar a segunda-feira.

Amigo é que nem parafuso,
é na hora do aperto
que você sabe se ele é bom.

COERÊNCIA

Não é verdade que os homens casados vivem mais do que os solteiros. Apenas o tempo lhes parece mais longo.

LOIRANTA

Você sabe o que a loiranta foi fazer na loja de R$ 1,99? Pesquisar preços!

TEMPERO

E quando o garçom perguntou ao baiano se ele queria muita ou pouca pimenta no vatapá, a resposta foi imediata: "Bote assim como se o cu fosse teu".

DESARMAMENTO
O melhor revólver é aquele que você não carrega na cintura.

SECRETÁRIA
A boa mesmo é aquela que se veste bem e rápido.

PIADA
É que nem peido em elevador.
Alguém fez, só não sabemos quem foi.

PESSIMISTA

É o cara que está sempre otimista em relação ao pessimismo.

CHORO DUPLO

Quando o menino disse ao avô que estava chorando porque queria fazer o que os moços fazem, o avô começou a chorar também.

PSIQUIATRA

Um profissional que tenta trocar os seus tiques pelo dos clientes.

TRIO

Três pessoas cantando em conjunto e
cada uma delas achando que
as outras duas não sabem cantar.

DIÁLOGO DAS PULGAS

"Vamos a pé ou vamos tomar um cachorro".

BIBLIOTECA

De vez em quando, eu saio por aí visitando
a biblioteca dos meus amigos.
Só para matar a saudade dos meus livros.

ARQUEÓLOGO

Feliz é a mulher do arqueólogo.
Quanto mais velha fica mais
é admirada pelo marido.

OBEDIÊNCIA

Só existe um lugar onde os pais
obedecem os filhos:
Na Disneylândia.

INFERNO

Quer ter uma visão real do que é um inferno?
Faça um sessenta e nove de luz acesa.

Tem mulher que é igual a macarrão.
A gente enrola e come.

SAIR

Certas coisas, às vezes, não saem bem. As mulheres da garagem, por exemplo.

CURVAS

A estrada do casamento é tão cheia de curvas que é impossível caminhar nelas sem ficar tonto.

PORQUINHO

O porquinho de barro faz a criança ficar avarenta; e o pai, arrombador de cofre.

EPITÁFIO DO TURCO
Aqui jaz Salim.
Mas seu filho continua
atendendo na 25 de março!

PRA PENSAR

Quando perdemos os pais,
ficamos órfãos.
Quando perdemos a mulher,
ficamos viúvos.
E quando perdemos os filhos?

AMOR

É igual a capim:
Você planta, ele nasce...
Você rega, ele cresce...
Aí vem uma vaca e estraga tudo.

ESTUPIDEZ

A pessoa pensar que para ser cristã basta frequentar uma igreja é tão estúpido quanto alguém pensar que para ter um carro basta frequentar uma garagem.

GOLPE DO BAÚ

Casou-se com uma bilionária
por uma questão de lógica:
Vivia dizendo que venderia caríssimo
a sua condição de solteiro.

CESTA BÁSICA

A cesta é básica, o que vai dentro dela é que não é.

LOIRANTA

E como dizia a loiranta para uma amiga no restaurante.
"Não olhe, mas quem é aquele casal
que acabou de entrar"?

MOTORISTA DE ÔNIBUS ESCOLAR

O homem que pensava que gostava de criança.

EDUCAÇÃO

Era tão educado, mas tão educado que, quando viu escrito na parede do hospital "seja breve", morreu imediatamente.

FEIURA

A beleza que acabou de levantar da cama.

VERSINHO

Astronauta quando é bom
não pode deixar por menos
traz uma calça de Marte
e uma camisa de Vênus.

FUMAR

Os meninos de hoje começam
a fumar para mostrar que
são homens inteligentes.
Trinta anos depois, deixam de fumar
pelo mesmo motivo.

ENSINAMENTO

O marido, ensinando a esposa
a dirigir, dizia:
"**Pare** quando o sinal
estiver **vermelho**.
Vá em frente quando estiver **verde**.
E diminua a velocidade
quando eu estiver **branco**".

Algumas mulheres são como agulha.
Tomam no rabo e não perdem a linha.

RUGAS

Não é sinal de velhice. Se fosse, meu saco seria pré-histórico.

OPOSIÇÃO

Um grupo de políticos que não conseguiu fazer parte do governo.

SINAIS DOS TEMPOS

Antigamente, quando o homem economizava dinheiro, era avarento. Hoje, é mágico.

JORNALISTA

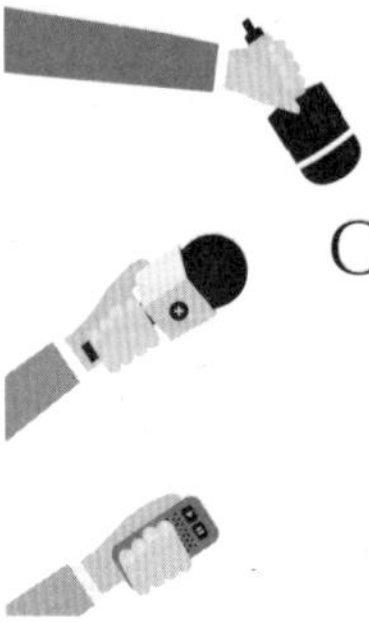

O bom jornalista não é o que faz a
tragédia da notícia.
E sim, o que faz a
notícia da tragédia.

MACHISMO

Na noite de núpcias, bateu na mulher, depois a acariciou e em seguida se masturbou na frente dela. Tudo isso para provar que era violento, carinhoso e independente.

SOGRA

Ele dizia a todo mundo que
tinha três meses de vida.
É que a sogra foi passar
noventa dias no interior.

PESSIMISMO

E no hospital o velhinho dizia ao médico:
"Está bem, doutor, o senhor virá me ver amanhã...
E eu? Vou ver o senhor amanhã"?

MÚSICA

Quer odiar a sua música favorita?
Coloque-a no despertador
do seu celular.

CORRUPTO

O corrupto que fica rico
em um ano deveria ser enforcado
doze meses antes.

BEM INFORMADA

É aquela pessoa que sempre tem as opiniões iguais as nossas.

MALCRIAÇÃO

É como dizia o pai ao menino malcriado: "Como você se atreve a desobedecer a sua mãe? Tá querendo ser melhor que eu"?

VERSINHO

Se tu liga pro dinheiro
uma coisa eu vou falar
me dê esse telefone
que eu também quero ligar.

CARGO DE CONFIANÇA

É quase sempre o concubinato
da incompetência com o poder.

MAIS CINCO COISAS QUE EXISTEM, MAS QUE A GENTE NÃO VÊ:

1. Professor rico;
2. Sequestro de sogra;
3. Médico que atende no horário certo;
4. Silvio Santos despenteado;
5. Saleiro que sai o sal.

VELHA

Não existe mulher velha.
O que existe é mulher com juventude acumulada.

No Brasil os impostos se atraem.

TRAIÇÃO

Aquela mulher só traiu o marido uma única vez. Foi quando ele era candidato a vereador e estava precisando de 200 votos.

ECOLOGIA

Tem mulher que vira ecologista só pra botar galho na cabeça do marido.

AMANTES

Quase morrendo, pediu aos filhos que suas cinzas fossem divididas entre suas amantes. Conclusão: **tiveram que cremar um boi.**

AGNALDO RAYOL

Se casamento fosse bom,
Agnaldo Rayol entraria na igreja para casar,
não para cantar a Ave Maria.

LEILÃO

E durante o leilão de joias
ouvia-se a voz do leiloeiro:
"Vendido para aquela senhora
que o marido está tapando a boca dela".

CONSELHO ÀS MULHERES

Se o seu marido está com problemas de ereção
dê a ele um comprimido estimulante.
Se o problema persistir,
um amante deverá ser procurado.

NÃO CONFUNDIR

Orgasmos com gozarmos.

VOCÊ SABIA?

Por que Jesus quando ressuscitou apareceu primeiro para as mulheres? Ele queria que a notícia se espalhasse mais depressa.

PERSONALÍSSIMO

E quando o paciente disse ao psicólogo que estava com dupla personalidade, o terapeuta respondeu: "Então vamos sentar os quatro e vamos conversar".

CIÚMES

O imposto do amor.

VERSINHO

Eu gosto de uma xoxota
por que dela sou nascido
e quem não há de gostar
de entrar por onde é saído.

ESTÁTUA

Tentei homenagear minha sogra,
fazendo uma estátua pra ela.
Mas não consegui,
ela não quis comer o cimento.

VELHICE

Os velhos preferem muito mais
o Natal que o sexo.
Afinal, o Natal tem todo ano!

ARRANJO MUSICAL

A gorjeta da boa música.

AVISO AOS AMIGOS

O consumo excessivo de álcool provoca deslocamento de órgãos: **seu fígado vai pro saco**.

Mulher feia
é que nem violão desafinado,
ninguém toca.

SEMÁFORO

Aquele semáforo era tão demorado que só abria três vezes ao dia.

MIGRAÇÃO

Depois dos 80, o único órgão do homem que muda de lugar é o saco. Sai debaixo do pau e vai pra cima do joelho.

MULHER

Uma mulher compreensível não seria mulher.

EPITÁFIO DO LULA
Eu morri?
Juro... Eu não sabia.

VELHICE

Um relógio em que os ponteiros da tarde correm mais do que os da manhã.

BOM NEGÓCIO

É montar uma casa de garotas de programa porque, se falir, você come o estoque.

BOM DE SEXO

Meu avô, sim, esse é bom de sexo.
Outro dia ele pegou uma mulher, deu a primeira,
deu a segunda e só não deu a terceira
porque ela fechou as pernas,
quebrando-lhe os óculos.

TRIPÉ

Minha amiga Nilda anda muito triste com o cachorrinho que ganhou. Ele tem três pernas e, quando vai mijar, capota.

BARRIGA

O homem, quando fica velho, sua barriga passa a se chamar "árvore de cemitério". Faz sombra pra morto.

AVIAÇÃO

Que bom seria se o número de pousos fosse igual ao da decolagem.

TECNOLOGIA

O robô na indústria teve o mesmo efeito para o trabalhador que o cinema falado teve para o Chaplin.

VERSINHO

Político apaixonado
pela corrupção
no dia que ela acabar
ele entra em depressão

RONNIE VON

É um homem tão educado, mas tão educado, que um dia deu uma cabeçada na porta e continuou chamando a porta de porta.

JUSTIÇA

Nenhum homem deve temer a justiça.
A não ser que ele seja rigorosamente inocente.

LOIRANTA

Quando perguntaram à loiranta a diferença entre fatura e duplicata, ela respondeu na bucha:
"Fatura é quando se quebra um braço e duplicata quando se quebra os dois".

DIFERENÇA

Entre a boa trepada e a boa cagada.
A boa cagada você não precisa depois ficar meia hora abraçado com o vaso.

Mulher feia e freio de mão,
só na emergência.

RAZÃO

A vantagem de não ter razão
é que você nunca perde a razão.

HONRA AO MÉRITO

Toda pessoa que morre com mais de cem anos não deveria receber lágrimas nem flores. E, sim, aplausos.

SORTE

É que nem mulher.
Quando a gente quer, não quer.
E quando a gente não quer, quer.

AVAREZA

A preocupação que o avarento tem para cuidar do seu dinheiro não há dinheiro que pague.

SILVIO SANTOS

Dizendo aos seus funcionários: "Quero que vocês sejam sinceros e digam na minha frente o que pensam de mim, mesmo que isso lhes custe o emprego".

SUÍNO

Hino do Palmeiras

VIRGINDADE

Poderosa arma que as mulheres usam para caçar maridos babacas.

PLURAL

Plural de pai: pais

Plural de mãe: mães

Plural de filho: gêmeos

SONHO

É que nem frango de açougue.
Não tem pé nem cabeça.

FUTURO

Futuro de deitar: deitarei.
Futuro de sonhar: sonharei.
Futuro de dormir: acordar.

DESPERDÍCIO

Usar a Fernanda Montenegro para fazer novela é o mesmo que usar canhão pra matar passarinho.

VERSINHO

Menino sem lar
que mora na rua
sempre ao deitar
ele apaga a lua.

CASAL

O casal brigava tanto que, quando ia pra cama, não fazia amor, fazia ódio.

SETE DE SETEMBRO

Mais conhecido como o dia das lavadeiras, só tem tanque e trouxas na rua.

PODRIDÃO

De vez em quando devemos chacoalhar a árvore dos políticos pra cair os podres.

EXTREMISMO

Sou contra todo o tipo de extrema.
Extrema direita.
Extrema esquerda.
E extrema unção.

CAXEIRO VIAJANTE

Foi à zona, comeu a pior comida.
E transou com a puta mais feia.
Motivo: estava com saudades de casa.

FARMÁCIA

Muitos venenos e poucos remédios.

COMBINAÇÃO

Combinar e casar é fácil.
Difícil é casar e combinar.

CASAMENTO

Existem dois tipos de casamento:
os que terminam bem e os que duram a vida toda.

A MÃE DO SACI

É a única que não pode dizer:
"Meu filho, vá num pé e volte no outro".

CUSTO/BENEFÍCIO

Mulher é igual à piscina.
O custo de manutenção é muito alto se comparado ao tempo que se passa dentro dela.

TV

Nesses filmes violentos que as crianças veem na televisão, o bandido não é o que morre, é o que ligou a TV.

FARRA DO BOI

Festa onde os animais se machucam entre si.

BEBÊ

Tubo digestivo com uma voz aguda em cima e nenhuma responsabilidade embaixo.

GAÚCHO

Nenhum gaúcho nasce em Pelotas.
Todos nascem inteiros.

VERSINHO

Pobre do artista
que não comunica
que sai e não entra
que vai mas não fica.

AMOR

Ele era bilionário, barrigudo, careca e feio. Casou-se com uma gatinha linda de 18 anos.
COMO É LINDO O AMOR!

CONTRATO

Um pedaço de papel onde se abrigam duas desconfianças recíprocas.

VELÓRIO

Lugar onde somente uma pessoa é honrada e honesta.
Todas as outras são suspeitas.

Toda mulher que é uma joia
não precisa de brilhante.

TESTAMENTO

A primeira coisa que me veio à cabeça quando eu fiz meu testamento foi lembrar o nome das pessoas para as quais não vou deixar nada.

CANGURU

O bicho mais esperto que existe.
Já nasce com o Bolsa Família.

SACANAGEM GERAL

O rico saca...
O pobre saqueia...
E o político...
Sacaneia!

PIEDADE

Matou a sogra por piedade.
Ela dizia que sofria muito morando com ele.

DESESPERO

Parecer cada vez mais com a foto
da carteira de identidade.

MÃE

E aquela mãe trocando o bebê dizia:
"Hoje, mamãe te dá banhinho,
dá papinha na boca, troca a fraldinha.
Mas não se esqueça de que,
daqui a muitos e muitos anos,
você vai fazer o mesmo comigo, viu"?

ARYTMÉTICA

NO AMOR

Homem esperto + mulher esperta = romance.
Homem esperto + mulher burra = caso.
Homem burro + mulher esperta = casamento.
Homem burro + mulher burra = gravidez.

NO ESCRITÓRIO

Chefe esperto + empregado esperto = lucro.
Chefe esperto + empregado burro = produção.
Chefe burro + empregado esperto = promoção.
Chefe burro + empregado burro = hora extra.

NO SHOPPING

Um homem pagará R$ 1
por um item de R$ 2 que ele precisa.
Uma mulher pagará R$ 2
por um item de R$ 1 que ela não precisa.

EPITÁFIO DO DROGADO
Enfim, pó!

LOIRANTA

Quando o oculista perguntou para a loiranta se os óculos dela eram para longe, ela respondeu: "Como o senhor sabe que eu vou viajar"!

SEGURANÇA

São Paulo e Rio de Janeiro são as duas cidades mais seguras pra se morar. Pode perguntar a qualquer assaltante.

PSICOLOGIA

A arte de nos ensinar o que já sabemos de um jeito que não podemos entender.

VERSINHO

Entre o médico e a água
há uma diferença exata
a água mata secura
médico se cura não mata.

TESE

Uma ideia que sustentamos porque ela é incapaz de se sustentar sozinha.

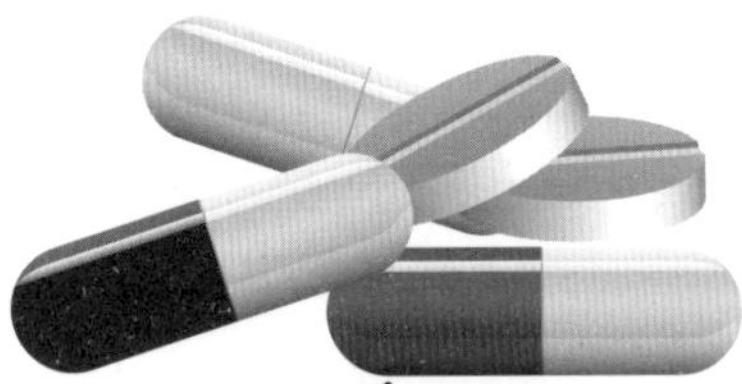

REMÉDIO

Esse remédio é bom pra gripe... ERRADO!
Se é bom pra gripe não serve...
Tem que ser ruim pra gripe!

É como dizia o papel para o pudim.
Na saída a gente se encontra.

ECONOMIA

Minha mulher às vezes é econômica.
Ontem, no seu aniversário, em vez de 50 velinhas, só colocou 40 no bolo.

FLORES

E aí a couve-flor disse para a rosa:
"Tá certo, você é macia, bonita, cheirosa só que ninguém te come".

AMOR BANDIDO

Durante o namoro ele beijava a pintinha que ela tinha no rosto. Depois de trinta anos não beijou mais... Também, ela não operou aquela verruga!

BARBANTE

Uma corda que emagreceu.

VISITA

Fui visitar o filho de um amigo
e fiquei muito comovido.
Ele não fala, não anda e está na cama
há uma semana.
Mas é um lindo recém-nascido!

INSEMINAÇÃO

A inseminação artificial
é a maior invenção do homem,
porque permite que ele seja pai
sem precisar comer
sua esposa.

ESTRANHA PROFISSÃO

Quando o cara disse ao amigo que vendia **órgãos humanos**, se ele não tinha **coração**, a reposta foi imediata: "Isso é uma crítica ou uma encomenda?"

UMBIGO

Órgão que a mulher de oitenta anos tem entre os seios.

PRA PENSAR

Se a Virgem Maria, ao invés de menino, tivesse uma menina, como seria o curso da história?

PESTINHA

E durante o réveillon, o pestinha limpando o dedo no vestido branco da mãe dizia: "Mamãe, a senhora precisa comprar papel higiênico mais resistente".

VERSINHO

Só de pensar em morrer
eu já fico apavorado
se a morte é um descanso
prefiro viver cansado.

PERFUME

Um cheiro usado para disfarçar outro cheiro...

AZEDUME

Tem gente que é tão azeda que
quando chupa limão a fruta é que faz careta.

LOIRANTA

Quando disseram à loiranta que o Abilio Diniz
era dono do Pão de Açúcar, ela lascou:
"Não sabia que aquele bondinho dava tanto dinheiro".

CASACO DE PELE

Um agasalho que mudou de animal.

Mulher é igual a circo.
É debaixo do pano
que está o espetáculo.

SÓCRATES

Famoso filósofo grego cujo
maior mérito foi ter celebrizado a cicuta.

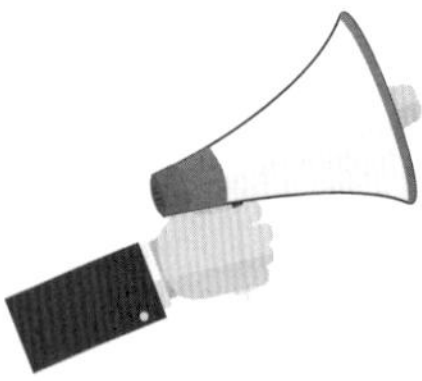

SIM

Pronunciado por um homem no altar tem o seguinte significado:
Sou
Idiota
Mesmo

SIMPÁTICA

Adjetivo que se aplica às pessoas feias.

LIXO

Coisas que jogamos fora.

COISAS

Lixo que guardamos.

AMNÉSIA

A vantagem de ter péssima memória é rir sempre da mesma piada.

LADRÃO

A diferença entre o PT e a caixa d'água é que a caixa d'água só tem um ladrão.

FORÇA

Eu posso levantar uma mulher
com apenas uma mão.
Traga-me uma mulher maneta e eu lhe mostrarei.

DIFÍCIL

Cada dia fica mais difícil
encontrar uma mulher difícil.

TECNOLOGIA

Errar é humano. Mas pra fazer
uma puta cagada
é preciso um computador.

DEUS

Deus escreve certo
por linhas tortas.
Mas em que idioma?

VERSINHO

A mulher é como cobra
tem veneno e tem peçonha
deixa o rico na miséria
e o pobre sem-vergonha.

MULHER

A mulher que me quiser...
Me terá!

CRIAÇÃO

E no sexto dia Deus criou a mulher...
E nunca mais descansou.

PESO

Dizem que o cérebro do homem pesa mais do que o da mulher. Deve ser por causa do chifre.

DIABO

Não se sabe se realmente Deus é brasileiro.
Mas o diabo com certeza é!

Se bater na madeira desse sorte,
pica-pau não estaria em extinção.

EMPRESA

No Brasil, o jeito mais fácil de montar uma pequena empresa é começar com uma grande e ter um pouco de paciência.

FOME

Não há problema de fome na China. Porque o chinês come tudo o que não come ele antes.

IDADE

É a velhice dos outros... Dizem os outros.

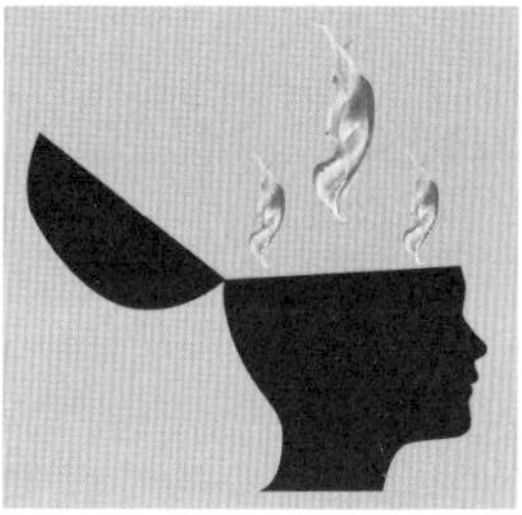

MEMÓRIA

Tenho duas grandes qualidades.
A primeira é a
minha fantástica memória.
E a segunda é... é... é... é... é... é...!

IRONIA

Um ator de cinema recebendo o prêmio no palco de um teatro.

DINHEIRO

O cartão de crédito dos pobres.

FACULDADE

O estudante que tem dificuldade para entrar na faculdade terá muito mais para sair.

TOBOGÃ

Lugar onde os ânus passam depressa.

CARRO ESPORTIVO

É que nem sutiã.
Só cabem dois e tem que ter peito pra comprar.

DIFERENÇA ENTRE O SUTIÃ E A AMBULÂNCIA

A ambulância recolhe os feridos.
E o sutiã recolhe os caídos.

VERSINHO

Meu caro amigo, atenção
pra esse velho ditado
é melhor um puta susto
do que viver assustado

MARIDOS

São como carros...
Bons no primeiro ano.

DICIONÁRIO DAS MULHERES

ALIANÇA – Garantia financeira.

AMANTE – Homem que faz tudo aquilo que o marido nunca faz.

AMOR IMPOSSÍVEL – Um pretendente pobre.

BATOM – Poderosa arma feminina que deixa marcas fatais.

BOLSA – O pronto-socorro da beleza feminina.

CANSAÇO – Vontade de ficar sozinha.

CARTEIRA – Principal órgão masculino.

CERTEZA – Quase certeza.

CONFIANÇA – Ação incompatível com os homens.

DOR DE CABEÇA – Falta de vontade.

EXTRAVASSAR – Galinhar.

FALTA DE ATENÇÃO – Falta de presentes.

FRACASSO – Perder um homem pra uma mulher mais magra.

GRAVIDEZ – Investimento em longo prazo.

MINUTOS – Horas. Principalmente antes de sair.

MAQUIAGEM – Realce de beleza natural e disfarce da feiura.

MEIA-CALÇA – Camada de acabamento das pernas.

NAMORADO – Desculpa usada para despistar homens indesejados.

NUNCA – Por enquanto, não.

PÍLULA – Medicamento usado no momento certo e suspenso no momento oportuno.

PROBLEMAS CONJUGAIS – Ausência de orgasmo.

SATISFAÇÃO – Verbete desconhecido no dicionário feminino.

SEIOS – Sinônimo de maçaneta, pois também abrem muitas portas.

TALVEZ – Sim.

TERAPIA DE GRUPO – Shopping com as amigas.

VALORIZAÇÃO – Flores no dia seguinte.

Eu gosto de mulher Zen...
Zen roupa!

RECEITINHA MINEIRA, SÔ!

Sapassado, era sessetembro.

Táveu na cuzinha tomanu uma pingumel e cuzinhanu um kidicarne cum mastumate pa fazê uma macarronada cum galinhassada.

Quascaí de sustu, quanduví um baruiu vinde dendoforno, parecenu tirdiguerra.

A receita mandopô midipipoca denda galinha passá.

O fornu isquentô, u mistorô i u fiofó da galinha isprudiu!

Nossinhora! Fiquei brancu quineim um lidileite. Foi um trem doidimais!

Quascaí dendapia!

Fiquei sensabê doncovim, proncovô, oncotô.

Oiprocevê quilocura!

Grazadeus ninguém simaxucô!

EPITÁFIO DO IMPOTENTE SEXUAL
Enfim, duro!

COURO

Entre o couro do boi e o couro do homem,
o mais resistente é o do homem.
Porque o do boi, o chifre fura.

CASAMENTO:
COMEÇO, MEIO E FIM...
No começo... um estado afetivo,
No meio... um estado civil,
No fim... um estado de guerra.

NÃO CONFUNDIR

Emudecer com umedecer

BICICLETA

Aparelho de masturbação feminino usado como pretexto para exercitar as pernas.

LEMBRANÇAS

Quando vejo lindas crianças, lembro das minhas.
Quando vejo lindas mulheres, esqueço a minha.

VERSINHO

A pessoa ciumenta
é difícil de explicar
está sempre procurando
o que não quer encontrar.

PARENTES

A melhor maneira de evitar a visita de parentes é emprestar dinheiro aos parentes **pobres** e pedir emprestado aos parentes **ricos**.

DIVORCIAR

O futuro do verbo CASAR.

POBREZA

Uma das vantagens de ser pobre é que sai barato.

Mulher é que nem parafuso,
tem que ser no aperto.

ASSALTO HONESTO

"Isso é um assalto, passe pra cá o seu dinheiro".
"Calma, ladrão! Eu sou deputado".
"Então passe pra cá o MEU dinheiro".

UVA

A ingenuidade do vinho.

SALÁRIO

Recebeu o salário,
fez as contas das dívidas
e concluiu:
"Estou empobrecendo ilicitamente".

COMBUSTÍVEL

Só há uma explicação para o aumento no preço do álcool:
Falta de cana!

SUPERINTERESSANTE

Segundo os estudiosos, o ser humano produz 250 gramas de fezes por dia.

Considerando a população mundial, já imaginaram o tamanho do monte?!!!

ECOLOGIA

Defenda a natureza.
NÃO COMA VIADOS!

MULHERES

Existem dois tipos:
As que me acham o máximo.
E as que não me conhecem.

LOIRANTA

Coitada da loiranta, foi pagar o Imposto de Renda na fonte e morreu afogada.

VELHICE CADUCA

Era tão velho que pediu ao taxista: "Me leve na rua 15 de novembro de 1889".

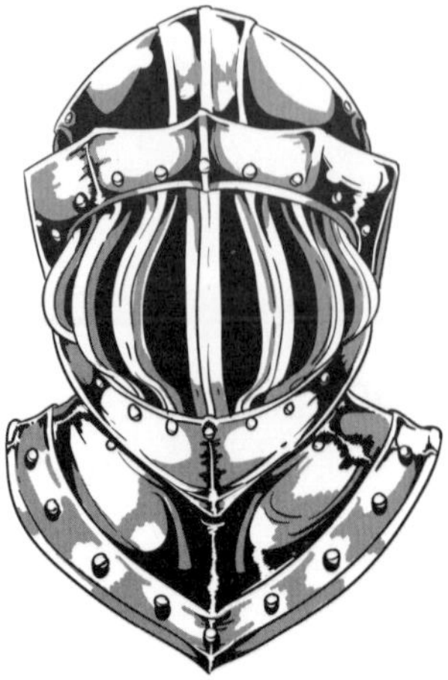

ARMADURA

Roupa de metal que o soldado da idade média usava e que tinha como alfaiate um ferreiro.

GRAHAM BELL

Ao inventar o telefone, fez uma grande sacanagem com a gente. Tirou-nos o prazer de manter à distância pessoas desagradáveis.

VERSINHO

Uai, uai...
quem trupica também cai
sua mãe morreu sem dente
de tanto chupar meu pai.

POLÍTICA

A arte de conduzir negócios públicos para vantagens privadas.

MAIS CINCO COISAS QUE EXISTEM, MAS QUE A GENTE NÃO VÊ:

1. Pessoa que toma três litros de água por dia;
2. Mulher que vai ao banheiro e não leva a amiga junto;
3. Ventilador de teto que não balança;
4. Cabo de telefone destorcido;
5. Bunda da garota do tempo.

BORDADEIRA

As mais eficientes pintam e bordam.

Se casamento fosse estrada
eu só andava no acostamento.

CHAVE

Quando penetra faz a companheira ver tudo girando.

ESTILETE

Instrumento preferido das secretárias
para cortar saco de chefe tarado.

CORRUPÇÃO

No Brasil existem muitos corruPTos.

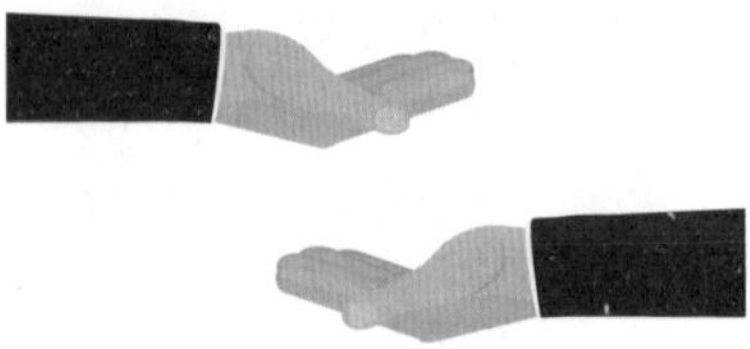

COBRANÇA

É como dizia a secretária do médico. "Doutor, acho que está na hora de mandar a conta para o Sr. Antônio. O senhor deu a ele três meses de vida, e já se passaram oitenta dias".

CONSELHO AOS RECÉM-CASADOS

Já que se casaram, tratem de aturar um ao outro!

CERTEZA

Todo cara que pensa ter certeza de qualquer coisa é um idiota. Disso estou absolutamente certo!

CASCAVEL

Cidade do Paraná que alguém fundou para homenagear a sogra.

SOM DO SILÊNCIO

O local era tão silencioso que dava para ouvir o barulho da grama crescendo.

ECO

O eco e a mulher se parecem muito.
Os dois têm a última palavra.
Mas a mulher, em um tom mais alto.

DIETA

Período de fome que antecede o aumento de peso.

VERSINHO

Não há mal que sempre dure
não há bem que sempre acabe
aquilo nem sempre é duro
na verdade você sabe.

AVISO NA PORTA DO BAR

É proibido entrar bêbado... Sair, pode.

JUSTIÇA

Uma mulher honrada que vive no puteiro.

ESTÔMAGO

A consciência do corpo quando está cheio.
E a inconsciência quando está vazio.

CASAL TERRÍVEL

Ele era insuportável quando bebia.
E ela era insuportável sem beber.

E aí o picolé falou pra boca:
"Pode me chupar,
mas não me morda o pau".

ORIGINALIDADE

O que me preocupa é que não tem surgido humorista original. É tudo imitação.

IDIOMAS

Quando perguntaram à viúva do poliglota quais foram suas últimas palavras, ela respondeu: "Em que idioma?"

NÃO CONFUNDIR

Apostolado com lado oposto

SADOMASOQUISMO

E na cama quando a masoquista pedia ao sádico:
"Me bate! Me bate"!
Ele respondia:
"Não... não"!

LOIRANTA

Quando disseram à loiranta que a enxurrada tinha levado o seu carro, ela respondeu toda metida.
"Levou nada, a chave está aqui comigo"!

BANQUEIRO

Ladrão com autorização do governo para roubar.

MORTE

Quando eu estiver moribundo, chame o coveiro,
não chamem o padre.
"Detesto intermediário".

LAVA-JATO

Era tão corrupto que o recado da secretária eletrônica era assim: "Após o recado, deixe o sinal".

JULGAMENTO

Quando o juiz perguntou ao réu por que ele não trouxera advogado para defendê-lo, a resposta foi precisa: "Eu resolvi falar a verdade".

ANONIMATO

Todo autor anônimo é um covarde
que se esconde atrás do anonimato.
Cabe agora aos anônimos me desmentir.

VERSINHO

O que eu vou dizer agora
preste atenção companheiro
bicha gosta de pau duro
mulher gosta de dinheiro.

LÓGICA

Gastou tudo comprando Viagra e ficou duro.

NEGÓCIOS

E na hora da transa, dentro do carro a namorada do taxista judeu dizia: "Samuel, se você me amasse mesmo, desligaria o taxímetro".

BOXEADOR

Quando a mulher do boxeador perguntou por que ele não se levantava, a resposta foi imediata: "Estou esperando você contar até 10".

CORNIFICAÇÃO

O chifre é como consórcio. Quando você menos espera acaba sendo contemplado.

Feliz foi Adão que não teve
sogra nem caminhão.

HOMEM

O homem quando é jovem tem INSTINTO SEXUAL.
E quando fica velho tem EXTINTO SEXUAL.

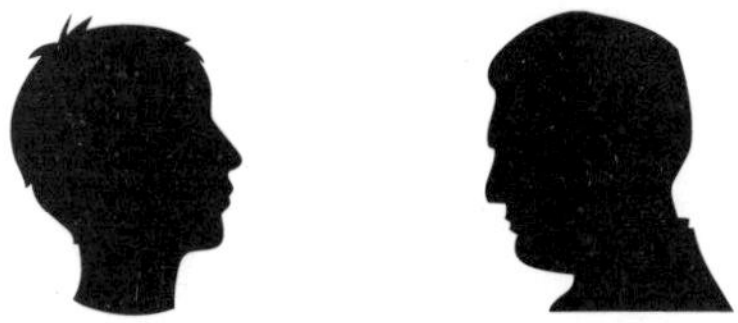

GUARANÁ

O guaraná é afrodisíaco, sim.
Só depende do tamanho da garrafa
e da preferência do freguês!

MINEIRICE

O mineiro é tão liso que até para fazer
escultura usa pedra-sabão.

EPITÁFIO DO CHATO
Cansei de encher os outros
e vim encher esse buraco.

PARAQUEDAS

Se não funcionou da primeira vez... desista!

FELICIDADE

ERRADO – O dinheiro não traz felicidade.
CERTO – O dinheiro falsificado não traz felicidade!

CHATO

Todo chato nasce prematuro,
nem a mãe o aguenta nove meses.

ANIMAIS

Dos animais domésticos que a mulher acha menos interessante, sem dúvida é o HOMEM.

RELACIONAMENTO HUMANO

Pode ser visto em qualquer canto da Terra. O problema é que a Terra é redonda.

LÉSBICA

A prova de que a natureza é democrática.

RIQUEZA

Se Vinícius de Moraes fosse vivo com certeza diria:
"Me desculpem os pobres, mas dinheiro
é fundamental".

VERSINHO

Se as gestantes soubessem
o que seu filho vai ser
o número de abortos
com certeza ia crescer.

HUMILDADE

Admiro a humildade do engraxate,
em vez de pedir a mão das pessoas, pede o pé!

AMOR

É difícil entender o amor,
ele é que nem bosta de vaca.
Tanto pode cair em cima de uma rosa,
como em cima de uma urtiga.

LOIRANTA

E na sauna, a loiranta dizia para a amiga.
"Não vou ficar mais aqui, nessa sala
não tem ar refrigerado".

CONSELHO

Se você quiser agradar uma mulher, diga a ela
o que você não quer que digam para a sua.

Mais vale uma mulher feia com você
do que duas bonitas se beijando.

COMPLEXO

O cara era tão complexado que quando cumprimentava o analista beijava-lhe os pés.

FÉ

Aquelas pessoas não tinham fé mesmo... Foram rezar pra chover e não levaram o guarda-chuva.

PALAVRA DE HONRA

A antecessora da caneta.

VAGALUME

O inseto que esqueceu o pisca-pisca ligado.

CASAMENTO

O chato do casamento é que você transforma duas pessoas que se amam em marido e mulher.

CANIBALISMO

Os canibais costumam brincar com a comida antes de prepará-la. E, às vezes, até a "come" antes de comê-la!

FEMINISMO

É como dizia aquela feminista: "Homem é igual a pão de forma: chato, quadrado, casca grossa, fácil de dobrar e miolo mole".

IDADE

É bom envelhecer porque, com o tempo, a gente vai ficando mais experiente, mais interessante, mais gostoso, mais viril e mais mentiroso!

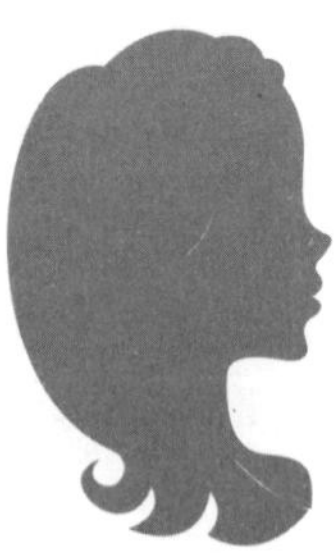

GÊMEOS

Dois participantes da maratona da vida que chegaram em primeiro lugar, rigorosamente empatados.

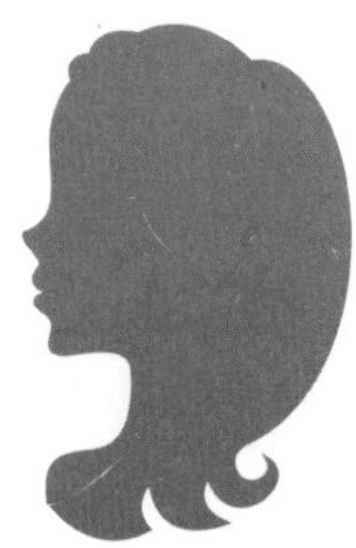

!!! PAZ !!!

Como dizia aquele fabricante
de armas americano:
"Estou muito preocupado, John, este ano
já tivemos duas ameaças de paz".

VERSINHO

Aquele que nasceu cego
da vista não aproveitou
não sente tanto ser cego
como quem viu e cegou.

SEGREDO

Pode confiar, minha boca é um túmulo:
"Sinta só o cheiro"!

AVISO AOS DROGADOS

O seu cérebro é assim

Se você continuar usando droga vai ficar assim

O seu cu é assim

Se você for preso vai ficar assim

Pobre é que nem lona de freio.
Quanto mais trabalha mais liso fica.

SALVAÇÃO

É como dizia aquele amigo ao outro:
"Minha sogra salvou-se da morte, e olhe que eu chamei os piores médicos da cidade".

FLORA E FAUNA

Flora intestinal é doença de rico.
Porque pobre tem flora e fauna.

PRESTE ATENÇÃO!

Quando a mulher diz SIM,
às vezes ela realmente quer dizer SIM.

DOS MALES O MENOR

Quando disseram para aquele deputado que todo o político é corno, viado ou ladrão, ele imediatamente respondeu: "Eu sou ladrão".

NUDEZ

Certas mulheres ficam nuas para se vestirem melhor.

PERGUNTINHA

Pra que comprar roupas caríssimas se o melhor da vida fazemos sem elas?

FELICIDADE

O homem mulherengo é feliz
porque já nasce deitado com uma mulher
e chupando as tetas dela.

LOIRANTA

Quando eu morrer quero ser cremada...
Mas as cinzas, eu quero que joguem
em cima do meu túmulo.

HIPOCONDRÍACO

Esse não tem remédio.

CHEFE

Um cara que sempre está quando você chega atrasado.
E nunca está quando você chega no horário.

VERSINHO

O tanto que eu te amo
é fácil calcular
some as estrelas do céu
com os grãos da areia do mar.

HOMEM

Deus criou primeiro o homem
porque não queria ninguém dando palpite.

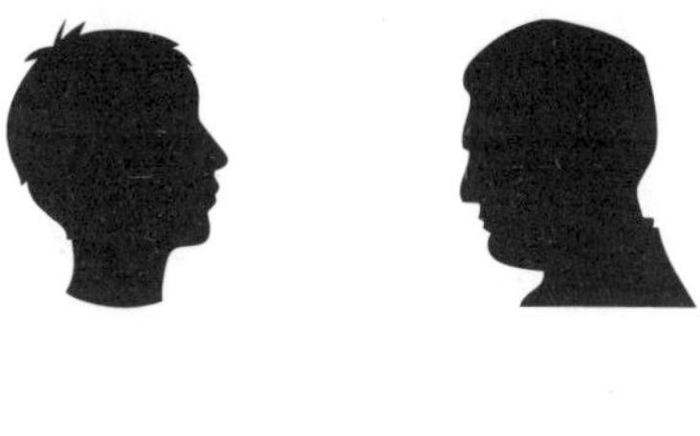

PERGUNTINHA

Se o cara que toma um uísque por dia não pode ser considerado um alcoólatra, por que o homem que dá a bunda uma vez por semana já é considerado viado?

TPM

Aquilo que faz a mulher se comportar por alguns dias como homem.

SEXO VULGARIZADO

No Brasil, todo mundo só pensa em sexo, só fala em sexo.
O sexo anda na boca de todo mundo.

Chifre é que nem carro a álcool.
Um dia você vai ter um.

BODAS DE PACIÊNCIA

Você, que é casado há mais 20 anos,
um conselho: quando for comer sua mulher
tome um Plasil, ele é contra enjoo.

TREPADA ABSURDA

E de madrugada, o cara ouvindo gemidos na sala foi ver o que era. Era a sala dando pro corredor.

CASAMENTO

Os primeiros anos são os mais difíceis. Os restantes são impossíveis.

A FORÇA DO "NÃO"

Deixei de ganhar um Rolls-Royce
por causa de um NÃO.
Pedi ao Chiquinho Scarpa o seu Rolls-Royce
de presente e ele disse NÃO.

ADORAR

A Dora adora a dura!

A MULHER E A CARTA

A **casada** é uma carta que chegou ao seu destino.
A **solteira** é uma carta que ainda não foi remetida.
A **solteirona** é uma carta que ficou
esquecida no correio.

MUUUITA CHUVA

Quando a filha do Sarney disse a ele que metade do Maranhão estava debaixo d'água, ele perguntou: "Sim, filha, mas qual metade, a minha ou a sua?".

PSICÓLOGO

Um homem que observa outros homens observando uma mulher gostosa.

HORIZONTAL

Uma vertical que escorregou numa casca de banana.

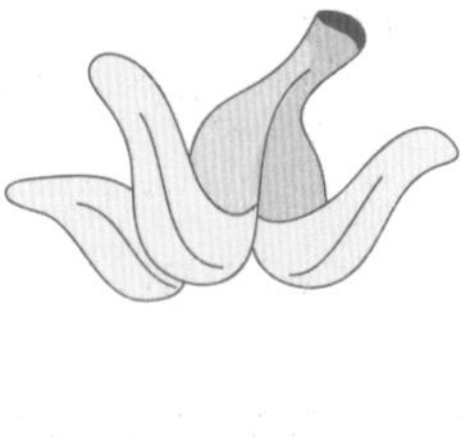

MACACO

Um bicho que deve estar puto da vida
por ter sido comparado ao homem.

VERSINHO

Cabeça é pra usar chapéu
comida de abelha é mel
e a mulher que não dá
essa não vai pro céu.

HOMENS E PORCOS

A diferença entre homens e porcos é que porcos não viram homens quando bebem.

CORNIFICAÇÃO

Uma coisa que a mulher nunca vai perdoar no seu marido é ele nunca ter dado motivos para ela corneá-lo.

IDADE DO HOMEM

Aos 20 anos: "Cara, comprei uma moto do cacete"!
Aos 50 anos: "Meu amigo, comprei um carro sensacional"!
Aos 70 anos: "Meu amigo, descobri uma farmácia ótima"!

DEFEITO

Não tenho defeitos, tenho virtudes negativas.

Amigo motorista, dê sempre a seta.
Lembre que seta não é cu,
pode dar à vontade.

BEBIDA

Nunca tomo uísque com o estômago vazio, sempre tomo uma cerveja antes.

LOIRANTA

É como dizia a loiranta:
"Não gosto de filas. Toda vez que me mandam entrar no fim dela, encontro outro no meu lugar".

FÉ

A fé remove montanhas.
Os ecologistas são contra.

TURISMO SEXUAL

O melhor lugar para se praticar
o turismo sexual é nas Ilhas Virgens.

AMAR E TREPAR

Amar: verbo intransitivo.
Trepar: verbo de ligação.

PLURAL E SINGULAR

Um homem com muitas mulheres: **poligamia**.
Um homem com duas mulheres: **bigamia**.
Um homem com uma mulher: **monotonia**.

PRÓSTATA

Quando você for fazer o exame
de próstata, um conselho:
Nunca deixe o médico botar
as duas mãos no seu ombro.

CANTOR

EXISTEM TRÊS TIPOS
O que tem voz e não sabe cantar;
O que sabe cantar, mas não tem voz;
E o filho da puta que não tem voz e não sabe cantar.

METIDO

Não sou convencido...
Se eu fosse, não seria perfeito.

EPITÁFIO DO ELETRICISTA
Literalmente o fio deu terra.

PAPO DE CANIBAIS

E quando o canibal disse que não sabia mais o que fazer com a mulher dele, o outro sugeriu: "Se você quiser, eu lhe empresto o meu livro de receitas culinárias".

VERSINHO

Se você está sofrendo
não fique triste com isso
pois muito mais já sofreu
a pobre mãe do ouriço.

PAPO DE LOUCOS

"Seu jornal caiu no chão".
"Obrigado, estava tão ligado na notícia que não percebi".

HONESTIDADE

Quando o cara no restaurante disse ao sócio que tinha esquecido a chave do cofre, o outro o tranquilizou: "Sem problemas, estamos nós dois aqui!".

PERGUNTINHA

O que é o que é:

Tem quatro pernas e não anda,
Tem dois olhos e não vê,
Duas orelhas e não ouve,
E tem muitas penas atrás. Não sabe?

Um cavalo morto com um espanador enfiado no cu.

Em briga de saci não tem pernada.

DICIONÁRIO DO ARY

"Significado safado das palavras"

A

Abreviatura – Ato de abrir um carro de polícia.

Alopatia – Dar um telefonema para a irmã da mãe.

Ariranha – Cruzamento de Ary com piranha.

Assaltante – Uma letra A que pula.

B

Barbicha – Boteco para gays.

Bacanal – Reunião de bacanas.

Barracão – Proibir a entrada de cachorros.

Bottom – Colocar "Eles bottom tudo no lugar errado".

C

Cadeado – Alguém procurando o Ado.

Cerveja – O sonho de toda revista semanal.

Coordenada – Que não tem cor.

Combustão – Mulher com o peito muito grande.

D

Destilado – Aquilo que não está do lado de lá.
Detergente – Ato de prender indivíduos suspeitos.
Diabetes – Dançarinas do diabo.
Desviado – Uma dezena de gays.

E

Edifício – Antônimo de fácil.
Encurralar – O mesmo que esfolar o ânus.
Everbody – Todos os bodes.
Expedidor – Mendigo que mudou de classe social.

F

Fluxograma – Direção que nasce o capim.
Forca – Instrumento de corda.

G

Genitália – Órgão reprodutor dos italianos.
Glande – Sinônimo de Enolme.

H

Homossexual – Sabão para lavar partes íntimas.
Halogênio – Forma de cumprimentar pessoas superdotadas.

I

Ice – Indica condição "Ice ela me desse bola".
Incômodo – Peça da casa que fica do lado de dentro.
Intimação – O mesmo que carícias sexuais.
Interruptor – Guarda que pega o casal trepando dentro do carro.

J

José – Nome masculino muito raro.
Jovem-guarda – Policial feminina nos seus 18 aninhos.
João de barro – O João que cagava muito.

K

Karma – Expressão mineira para evitar o pânico.
Kichute – Calçado preferido dos vestibulandos.
Kiko – Refrão musical: "Kiko cê foi fazê no mato, Maria Chiquinha...".

L

Lá – A mais longinqua das notas musicais.
Layout – Fora da lei.
Leilão – Mulher de nome Leila com dois metros de altura.
Locadora – Mulher louca de nome "Dora".

M

Menosprezo – Ato de diminuir o número de presos numa cela.

Microcomputador – Baixinho que levou um chute no saco.

Ministério – Aparelho de som de tamanho reduzido.

Monday – Ordenar. "Ontem Monday lavar o carro".

N

Negativa – Uma crioula muito trabalhadora.

Nada – Uma faca sem cabo faltando a lâmina.

Never – Fenômeno climático que no Brasil a gente só vê em filmes: "É legal fazer bonecos de never".

O

Obscuro – OB de cor preta.

Oh, my God – Oh, meu gado.

Olho do cu – O tal olhar penetrante.

P

Pagode – Palavra híbrida, mistura do português e inglês, que significa "Para Deus".
Patogênico – Pato que sai bem na foto.
Pimenta – Nos olhos dos outros, é refresco. No cu, é supositório.
Psicopata – Veterinário especialista em doenças mentais de patas.

Q

Quartzo – Partze ou aposentzo de um apartamentzo.
Quilombo – Expressão de admiração quando avistamos um traseiro muito bonito.
Quilo – Tarada gorda, só pensa no quilo.
Quibebe – Cachaceiro.

R

Ranheta – Punheta de rã.
Reação em cadeia – Motim em penitenciária.
River – Pior que feio. "Ele é o river".
Respirada – Uma vaca muito louca.

S

Saara – Mulher do Jaacó.
Say you – As mamas: "Um say you daquela moça é maior que o outro".
Somewhere – Nome caipira: "O Somewhere é irmão do Manuer".
Sossega – Mulher desprovida de visão.

T

Tabela – Sinônimo de estar bonita.
Textículo – Texto muito pequeno.
Tripulante – Especialista em salto triplo.
Tarado – Cara que come a esposa depois de 30 anos de casado.

U

Ultrassônico – Que tem muito sono.
Umidade relativa – A idade da mulher depois dos trinta.
Unção – Erro de concordância muito frequente. O correto seria "Um é".

V

Vapor – Bronca: "Vapor isso no lugar, menino!"
Venturoso – Que solta muitos peidos.
Varão – Pinto enorme.
Verbete – Olhar para Bete.

W

WC – Wai Cagar.
Welcome – Coma bem, bom apetite.
Window – Expressão usada em despedidas: "Bom, eu já vou window".
Workshop – Beber shop no trabalho.

X

Xangrila – Menstruação em chinês.
Xeios – A Xuxa botou xilicone no xeio e o xeio ficou xeio.
Xiita – Nome da maacaca do Taarzan.

Y

Yellow – Com ela, junto: "Saímos eu yellow".
You – Expressão de curiosidade: "You seu irmão, como vai"?
Yogurte – Que curte yoga.
Yakulto – Lactobacilo vivo e estudioso.

Z

Zen – Tem gente que é muito zen: "Zen juízo".
Zero grau – Temperatura neutra, nem quente nem fria.
Zona franca – Puteiro grátis ou putas sinceras.
Zoio – Forma incorreta de dizer ôio.

Mulher feia e cirrose
só pega quem bebe.

CORRIGINDO VELHOS DITADOS

- "É dando... que se engravida".
- "Quem ri por último... é retardado".
- "Alegria de pobre... é impossível".
- "Quem com ferro fere... não sabe como dói".
- "Quem tem boca... fala. Quem tem grana é quem vai a Roma".
- "Gato escaldado... morre, porra"!
- "Quem espera... fica de saco cheio".
- "Os últimos serão... os fodidos".
- "A esperança e a sogra... são as últimas que morrem".
- "Quem dá aos pobres... cria o filho sozinha".
- "Depois da tempestade vem a... enchente".
- "Devagar... nunca se chega".
- "Antes tarde do que... mais tarde".
- "Antes mal acompanhado... do que só".
- "Em terra de cego quem tem um olho é... caolho".
- "Quem não tem cão... fica no mato sem cachorro".
- "Quem cedo madruga... fica com sono o dia inteiro".
- "Pau que nasce torto... mija fora do pinico".
- "Quem é vivo... sempre desaparece".
- "Água mole em pedra dura... tanto bate até que desiste".
- "Diga-me com quem andas... que eu te direi de quem tenho ciúmes".
- "Os cães lavam... e a caravana passa".
- "Quem nunca comeu melado... quando come, pega uma puta diarreia".

VELÓRIO

Não pude ir ao funeral, mas mandei uma mensagem que aprovava.

VERSINHO

Disse a cueca ao seu dono
depois de uma mijadinha
não adianta chacoalhar
que a última gota é minha.

BÍGAMO

Pecador cujo castigo é ter duas sogras.

FILHOS

Dez segundos de prazer e uma dor de cabeça para o resto da vida.

CASAMENTO

É muito bom, pena que alguns duram muito tempo.

PETROBRAS

Nunca tantos roubaram tanto em tanto tempo.

EPITÁFIO
DO TAXISTA
Pode entrar, estou livre.

ROUBO LUSITANO

Quando os ladrões entraram na loja de roupas do português e levaram tudo, no dia seguinte ele colocou um aviso na porta.
ATÉ OS LADRÕES PREFEREM SE VESTIR AQUI.

COVEIRO

Profissional que não falta no trabalho nem no dia que morre.

SURDEZ

A audição em greve.

MAIS CINCO COISAS QUE EXISTEM, MAS QUE A GENTE NÃO VÊ:

1. Pessoa que quer se jogar do viaduto e se joga mesmo;
2. Carteiro que nunca levou mordida de cachorro;
3. Pessoa que tem o Bolsa Família procurando emprego;
4. Crachá de um funcionário do lado certo;
5. Roberto Carlos cantando sem segurar o pedestal.

O AMOR É CEGO

Mas o casamento devolve a visão.

VISITA

Certas visitas conseguem ficar
mais tempo em um minuto
do que outras em uma hora.

DIÁLOGO CELESTIAL

Senhor, porque fizeste a mulher tão burra?
Pra ela casar com você, meu filho!

VERSINHO

Quando eu empresto um livro
deixo sempre avisado
o livro tem 4 Vês
Vai **V**olta **V**iu **V**iado!

PERGUNTINHA

Se o nosso planeta é formado por 70% de água, quem foi o filho da puta que deu o nome de Terra?

PRESIDENTA

Eu nunca "vi" nada de errado no governo da Dilma.
Ass.: Stevie Wonder

BRASIL

O maior país de terra sem gente.
E o maior país de gente sem terra.

LOIRANTA

É como dizia a loiranta para a amiga.
"Não gosto de viajar para o exterior,
lá tem muito estrangeiro".

Não dê peixe a uma mulher.
Ensine-a pegar na vara.

GRAVIDEZ

Eu ainda vou acabar engravidando desse governo, ele só me fode.

CORNIFICAÇÃO

Método infalível para descobrir se você é corno: Leve sua namorada em frente à casa do suspeito e veja se o *wi-fi* conecta.

NEGÓCIOS

Quando o amigo do industrial perguntou se era verdade que a fábrica dele tinha incendiado, o industrial corrigiu: "Fala baixo, é semana que vem"!

CUIDADO!

O emprego de palavras erradas
pode causar desemprego.

LEIS

As leis brasileiras são iguais a enxertos...
Às vezes pegam; às vezes, não.

JABUTICABA

A jabuticaba é igual à impunidade...
só existe no Brasil.

SHOW

Palavra de origem inglesa totalmente banalizada e muito usada como interjeição para espantar galinha, mosquito etc.

NÃO CONFUNDIR

Pato em tucupi com entupi o cu do pato.

LOIRANTA

E quando o filho da loiranta pediu um Chokito, ela enfiou os dois dedos do menino na tomada.

FUNK

O problema não é você, é o funk que você tem como toque de celular.

VERSINHO

Boi, boi, boi...
boi da cara preta
pega essa bicha
que tem medo de buceta.

PALAVRAS

Três palavras difíceis de serem ditas:

- Inconstitucionalissimamente.
- Paralelepípedo.
- Por favor.

SINAIS DOS TEMPOS

Antigamente, pra ver a bunda, a mulher tinha que puxar a calcinha. Hoje, pra ver a calcinha, ela tem que puxar a bunda.

BRASIL

O saudoso Orlando Villas Boas nunca foi indicado para diretor da Funai... Bem-feito, quem mandou ele entender tudo de índio.

LOIRANTA

Antes de tomar água, ela chacoalhava o copo. Motivo: ouviu dizer que água parada causava dengue.

Pior que um buraco na sua camisinha
é uma camisinha no seu buraco..

NADA

Tem gente que nada faz...
Pior... tem gente que nem nada não faz!

HOMEM

O homem é o único animal que corta árvores para fazer papel e escrever nele: "Salve as florestas".

RONCAR

Eu não ronco, apenas sonho que sou uma moto.

CONVERSA DE PAI E FILHO

"Pai, tirei 7,5 no exame".
"Parabéns, filho! Qual o exame"?
"Bafômetro. E ficaram com seu carro".

BRASIL

Existem no Brasil 105 milhões de internautas.
Imagine toda essa gente trabalhando!

CACHORRO

Minha vizinha veio reclamar que o meu cachorro corre atrás dela de bicicleta.
Mentira, meu cachorro nem tem bicicleta!

TEMPO

O tempo é um pai maravilhoso,
pena que ele mata seus filhos.

VERSOGRAFIA

Para enterrar sua sogra
Foi uma grande agonia
Estava sujo de terra
Porque ela não queria.

BARRIGA

Vai aí uma sugestão pra você deixar sua barriga sequinha... Seque-a bem após o banho!

PREOCUPAÇÃO

Não me preocupo com as pessoas
que morrem de inveja de mim.
Se estão mortas, elas não existem...
PORRA!

VERSINHO

Saudades tantas já tive
e tantas vezes chorei
que penso já ter chorado
por saudades que terei.

PERGUNTINHA

Por que o estado se chama Rio Grande do Norte se ele fica no nordeste?

FOFOCA

Hoje em dia, o que dá mais lucro
em um revista é a fofoca.
Não entendo como tem gente
que faz isso de graça.

CONHECIMENTO

Dizem que, em alguns países da África,
o marido só conhece a esposa depois de casar.
Puta mentira, isso acontece no mundo todo.

LOIRANTA

Quer deixar uma loira doida?
Prenda-a num quarto redondo
e mande-a fazer xixi no canto.

O pênis é como certas mulheres.
Tem cabeça, mas não tem juízo.

TABAGISMO

Como dizia aquele fumante inveterado:
"Vou parar com o cigarro, ele vai acabar me prejudiCANCÊR.

O QUE É O QUE É...

Quanto maior, mais a mulher gosta?
É vaga pra estacionar, seu malicioso!

BELEZA

Quer uma dica de beleza?
Fique perto de alguém mais feio que você.

AZAR

É como dizia uma bicha pra outra:
"Ah, santa, tô numa fase tão ruim que se chover caralho cai uma buceta na minha cabeça".

FESTA

Dizem que festa boa é aquela
onde se conhece pessoas legais.
Pra mim, festa boa é aquela
que eu não lembro quem tava lá.

REAÇÃO

A orientação da polícia é nunca
reagirmos quando somos roubados.
Por isso, nunca fui
ao Congresso Nacional protestar.

CRIANÇAS

Criança rica precisa
de aviãozinho pra comer.
Criança pobre precisa
é mesmo de comida!

VERSINHO

No alto daquela serra
está plantado uma roseira
quanto mais a rosa cresce
mais o cume cheira.

CRIAÇÃO

Quando Adão deu sua costela a Deus,
e Ele fez a sua companheira,
Deus pediu também sua hemorroida
pra fazer sua sogra.

SAÚDE

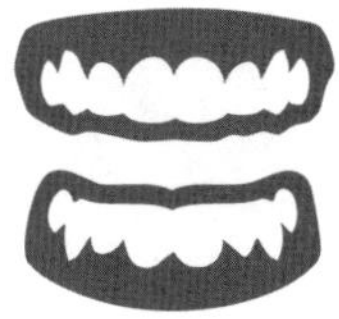

Resolvi cuidar mais da minha saúde.
Vou sorrir sempre.

LAVA-JATO

Estou na dúvida sobre qual será o resultado do julgamento. Calabresa ou frango com catupiry?

CINEMA

Em certos filmes brasileiros,
a ficha técnica e o elenco são maiores
que o público que vai assisti-lo.

FEIURA

Começou a andar com três meses, porque ninguém queria pegar no colo.

VIDA

Essa estranha energia que nos faz percorrer os caminhos da dúvida em busca do inevitável.

ELEITORES

No Brasil, deveria existir primeiro uma eleição para escolher quais eleitores poderiam votar.

Mulher feia é que
nem o Hino Nacional.
Todos conhecem, mas ninguém canta.

GPS SENTIMENTAL

Estava no meu carro falando dos meus problemas,
quando o GPS disse: "Siga em frente"!
Ambos choramos.

PRA PENSAR...

O que Deus fazia antes do Universo ser criado?

DIAS DE VISITA

Visite o médico Roger Abdelmassih na prisão.
Pode ser que ele seja o seu pai.

EDUCAÇÃO

A minissaia torna o homem mais educado. Você já viu um homem subir a escada na frente de uma garota de minissaia?

VERSINHO

O galo ofendido
tomou decisão
viu ovo colorido
matou o pavão.

CLASSE POLÍTICA

Um bando de tarados tomando banho, e quando o sabonete cai nenhum deles se atreve a abaixar para apanhá-lo.

EPITÁFIO DA BICHA
Meu cu está inteirinho.
O que é do homem
o bicho não come.

TPM

Segundo os estudiosos, as mulheres na TPM são mais criativas, criam problema com qualquer coisa.

CASAMENTO

No começo do casamento, os maridos chamam as esposas de animaizinhos: minha lebrezinha, minha coelhinha, minha gatinha...
Com o tempo, os animais crescem.
Aí é: vaca, elefanta, baleia, zebra...

TOP MODEL

Minha namorada tem 1,70m de altura e pesa 45 quilos.
Toda vez que transo com ela me sinto por cima da carne seca.

O Chefe

Na primeira vez
Que o corpo humano foi feito
Os órgãos reivindicaram
O que achavam direito
Discutindo pra valer
Todos queriam ser
O chefe de qualquer jeito

O cérebro foi o primeiro
Que começou a falar
"Como eu comando o corpo
E posso raciocinar
Eu serei o chefe então
Creio que estou com a razão
Sou eu que vou chefiar".

"Não, senhor!", disse o pulmão
"É minha vez de falar
Eu que mereço ser chefe
Eu que purifico o ar
Fazendo a transformação
Produzo a respiração
Para o corpo trabalhar".

"Eu é que serei o chefe"
Já falou o coração
"Sou eu que irrigo o corpo
Produzindo a pulsação
Sou vermelho como a rosa
Sou cantado em verso e prosa
Sou fonte de inspiração".

Ouviu-se uma voz bem alta
Lá no fundo do salão
Era o cu se manifestando
Dando a sua opinião
"Eu serei o chefe aqui!
Penso que já convenci
Tá resolvida a questão".

Houve um silêncio e depois
Gargalhadas no salão
O cu, querendo ser o chefe?!
Era muita pretensão!
Além de todo enrugado
Fedido, feio e cagado,
Foi aquela gozação.

O cu sentiu-se humilhado
Ofendido e quase a chorar
Disse "Um dia vocês
Vão ter que se desculpar".
Retirou-se da reunião
Falando a todos que não
Iria mais funcionar

E alguns dias depois
Foi uma grande agonia
Bexiga quase estourando
Porém, mijar não podia
Os olhos escurecendo
E o intestino querendo
Peidar, mas não conseguia

As pernas tavam tremendo
O nariz ficou tapado
O cérebro não pensava
O coração desritmado
O ouvido que não escuta
E o cu, filho da puta,
Continuava fechado.

Os órgãos desesperados
Ao cu foram implorar
Para que ele fosse o chefe
Que passasse a funcionar
O pedido ele aceitou
E na mesma hora passou
Todo o corpo chefiar.

Foi um alívio geral
A paz agora reinava
Porém, lá embaixo, "ele"
Dava as ordens... governava
Todos os órgãos trabalhando
E o cu só chefiando
Satisfeito só cagava.

Essa história tem moral
E aqui fica registrada
Pra ser chefe não precisa
Ter cérebro, meu camarada
Pra ser chefe, podes crer
Basta ter cu e fazer
Todo dia uma cagada.

Cuidado com esse caminhão.
Em sete acidentes,
levou a melhor em todas.

ALÍVIO

É você acordar bem cedo, numa manhã muito fria, e descobrir que é domingo.

VERSINHO

Meu amigo eu sou do tempo
e isso eu digo sem receio
que fumar era bonito
e dar o cu era feio.

ANALGÉSICO

Remédio para dor no ânus.

VEGETARIANO

De verdade, foi aquele cara que levou a namorada gostosa atrás do matinho e comeu o matinho.

VERSINHO DA SOLTEIRONA

Meu querido Santo Antônio
casai-me que vós bem podeis
que eu tenho teias de aranha
onde vós bem sabeis.

SALADA

É mentira que salada emagrece.
O elefante é herbívoro.

PAPO DE LOUCOS

"Você tem horas"?
"Tenho".
"Obrigada"!

REUNIÃO

Onde será que se reúnem os taxistas nos dias de chuva?

AMOR EM TRÊS TEMPOS

1. O amor é o pileque.
2. Casamento é a ressaca.
3. O Engov é o divórcio.

LOIRANTA

Quando convidaram a loiranta
para a festa de 15 anos,
ela respondeu:
"Vou, mas só posso ficar uma semana".

MORTE

A morte não tem cura.

ENCHENTE

Um rio cheio de si.

O QUE NÃO MATA ENGORDA

É isso que eu ganho por não matar ninguém.

VERSINHO

Vida, vida, vida
de que me vale a vida
se tenho a vida envolvida
na vida de uma mulher da vida.

FAMÍLIA

A boa mesmo só a Sagrada,
pendurada na parede.

Se o estudo é a luz do saber...
Tem muita gente
economizando energia.

DENTISTA

Profissional que trabalha no dente dos outros para dar trabalho aos seus.

!!! ACREDITE !!!

O que causa maior número de incêndios ainda é o seguro.

CASAMENTO

A transformação do mel em jiló.

DELÍCIAS

Os solteiros não conhecem
as delícias da vida de casado...
Nem os casados.

PAPO RÁPIDO

No elevador:
"Que andar"?
"Último, é para me suicidar".

REAL

Do jeito que o REAL está desvalorizando, daqui uns anos quanto estará valendo o ex-jogador Tostão?

LOUCURA

Aqueles que são chamados de loucos
porque querem mudar o mundo... São os que mudam.

HUMORISMO

Humorista original não é aquele
que não imita ninguém.
E, sim, aquele que ninguém imita.

LÍNGUAS

Dizem as más línguas que as boas falam demais.

Homem casado com mulher feia
não tem medo de fantasma.

PERGUNTINHA

Onde será que as mães aprendem as coisas que elas ensinam os filhos a não fazerem?

RABO

A alegria do cachorro.

JUDAS

Esse, sim, seria um grande político.

IMPRUDÊNCIA

Um casal com doze filhos.

VERSINHO

Bolsa Família é o peixe
que se dá para ajudar
quando o certo é dar a vara
e ensinar a pescar.

FALÊNCIA

A fase inicial das grandes fortunas.

CASAMENTO: ANTES E DEPOIS

ANTES:
"Você me tira
o fôlego..."

DEPOIS:
"Você está me
sufocando..."

ANTES:
Duas vezes (ou mais)
por noite...

DEPOIS:
Duas vezes (ou uma)
por mês...

ANTES:
"Não acredito
que tenhamos nos
encontrado..."

DEPOIS:
"Não acredito que
acabei ficando
com você..."

GESTAÇÃO

Aluguel temporário de uma residência privada.

ESTRABISMO

Privilégio de ter o olhar em todas as direções.

RAIO

É verdade o raio não cai duas vezes no mesmo lugar.
Cai a centímetros de distância.

GAROTA A UMA AMIGA

O que eu admiro nele são as pequenas coisas.
Ele tem uma pequena fazenda, um pequeno iate,
uma pequena indústria, uma pequena conta na Suíça...

HOSPITAL

Todo hospital deveria ter
junto à tesouraria um anexo
de Pronto-socorro.

FREGUÊS

Aviso numa loja:
Exigimos 50% de entrada de fregueses que não
conhecemos e 100% de alguns que conhecemos.

ESPOSAS

É como dizia a esposa ao marido:
"Vou até a casa da vizinha um instantinho só,
enquanto isso, mexa a panela de hora em hora, tá"?

DIFERENÇA

Entre uma espingarda e uma metralhadora:
É como se eu falasse e, em seguida,
a minha sogra falasse.

AVISO AOS FUNCIONÁRIOS PÚBLICOS

Não tomem café após o almoço...
Ele impede que as pessoas durmam.

GUARDA-CHUVA

Abrigo para um, chuveiro para dois.

VERSINHO

Dinheiro de pobre
é que nem sabão
quando ele pega
escorrega da mão.

PERGUNTINHA

Por que será que os bebês só se lembram de espirrar quando estão com a boca cheia de mingau?

EPITÁFIO DO CAÇADOR
Eu nunca podia esperar que naquele momento minha arma fosse falhar.

PAPO DE LOUCO

"Como é seu nome"?
"Me esqueci... E o seu"?
"Também me esqueci".
"Então somos xarás"!

PUXA-SACO

Nero tinha um puxa-saco tão puxa-saco que quando ele incendiou Roma, o puxa-saco cantou: "Parabéns pra você, nesta data querida..."

PÃO DE CADA DIA

Tem gente que come o pão de cada dia com o suor do seu rosto. Eu já prefiro comer com manteiga.

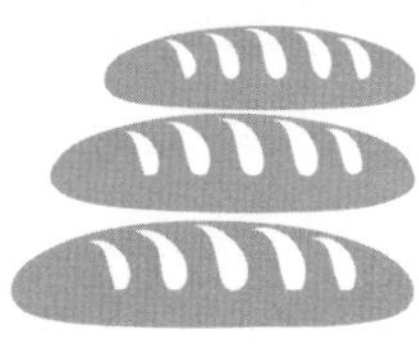

EFEITO

O produto final de um purgante.

DINHEIRO

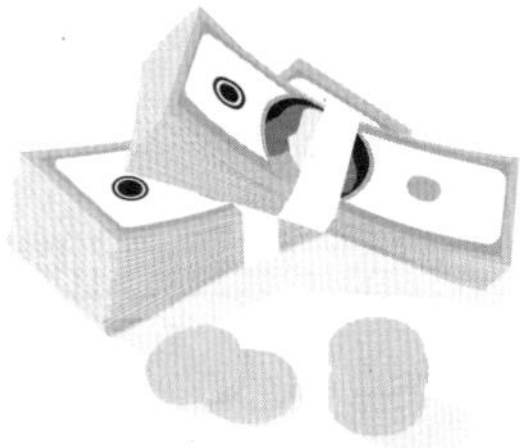

Ele nunca fará por nós
O que fazemos por ele.

IGUALDADE

Entre o homem e a mulher é difícil.
Jamais um homem conseguirá influenciar
alguém cruzando as pernas.

DIETA

O alimento dos nutricionistas.

LOIRANTA

Quando disseram à loiranta:
"Olha, um urubu morto".
Ela olhou pra cima e perguntou:
"Onde, onde"?

CONHECIMENTO

Quem conhece Geografia não se perde no mundo...
E quem conhece História não se perde na vida.

PERGUNTINHA

O homossexualismo
não poderia ser aceito como
método anticoncepcional?

VERSINHO

Ladrão que rouba ladrão
cem anos de perdão
político que rouba político
quatro anos de satisfação.

MULHER MAIS PEITUDA

É a portuguesa...
Porque o português não chupa, ele assopra.

PROTEÇÃO

Agora a justiça tem programa
de proteção à testemunha.
Tava na hora, pois programa de
proteção ao criminoso
já existe há muito tempo.

JUVENTUDE

Quando me perguntaram o que era a juventude, eu respondi: "Dê-me os seus 18 anos que eu te mostrarei".

DEUS

Deve ser mulher...
Quando criou o mundo devia
estar naqueles dias.

SEMELHANÇA

Entre o cantor de churrascaria e FM de motel:
Eles cantam enquanto os outros comem.

VERSINHO

Há um ditado certo
eu vou dizer como é
enquanto houver cachorro
pulga não anda a pé.

INFLAÇÃO

Uma coisa que vive cortando nosso barato!

AMIGOS

Quer conhecer seus amigos?
Dê uma festa.
Quer conhecer o valor desses amigos?
Fique doente.

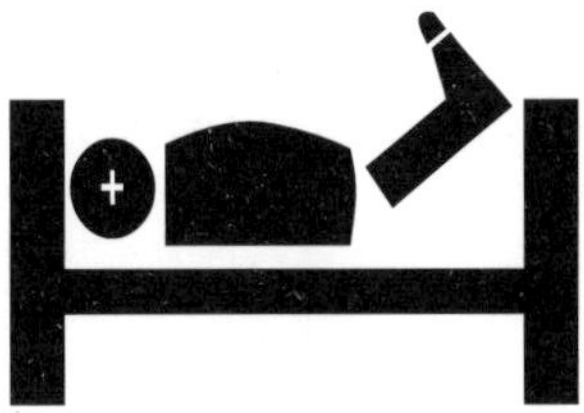

SEXO

É a coisa mais divertida que faço sem rir!

ADULTÉRIO

O lubrificante que faz a
máquina do casamento funcionar.

PAPO DE LOUCO

No hospício, um louco diz pro outro:
"Estou escrevendo um livro emocionante,
não vejo a hora de acabar para saber o final".

ANÔNIMO

Um ladrão que tem vergonha de confessar o roubo.

COGUMELOS

São comestíveis...
Alguns, uma vez só.

MENTIRA

Devemos acreditar somente na metade daquilo que as mulheres dizem. Sim, mas em qual metade?

VERDADE

Saneamento básico no Brasil é uma merda!

NATAÇÃO

E aí os dois portugueses nadando atrás do navio, um deles dizia: "Eu não falei, Manuel, que aquela não era a porta do banheiro"?

**Você, que está acabando de ler este livro,
deve estar pensando:**

**"Pô, esse Ary Toledo é sacana!
Só escreve pornografia"!**

**Mas não é bem assim. Leia abaixo a carta romântica
que escrevi para alguém.**

Querida, faz tanto tempo, que eu não me
conformo, tendo somente o meu pensamen-
to em você. Por isso, estou com grande te-
mor e estou sabendo que tenho ra-
zão e não descansarei enquanto não fo-
calizar meu pensamento ainda mais para po-
der até esgotar o último pingo da por-
ção de alegria que em meu peito se encer-
ra, que está acumulada dentro do meu cará-
ter de homem que vive do traba-
lho, espero que goste do meu fu-
turo, sempre ao seu lado, mantendo-me o mes-
mo que sempre esperou por você.

Obs.: Agora, se você é desses que gostam de ver sacanagem em tudo que eu escrevo, tenho uma sugestão: leia novamente a carta, pulando uma linha.

O QUÊ?

JÁ ACABOU?

CLARO... TUDO O QUE É BOM
DURA POUCO!

FONTE: Optima LT Std
IMPRESSÃO: Gráfica Paym

#Novo Século nas redes sociais

novo século®
www.novoseculo.com.br